Une femme si tranquille

DU MÊME AUTEUR

Romans

La Femme et le manuscrit, Grasset, 1959

La Feuille de bétel, Réédition 2008, Casterman, 1962 ; J'ai Lu, 1970 ; Éditions Des Figures et des Lieux

Le Cœur en tête, Casterman, 1963 ; Julliard, 1968

La Part du soleil, Julliard, 1967 ; J'ai lu, 1971

La Chambre interdite, Julliard, 1969 ; J'ai lu, 1973

Mourir à Djerba, Denoël, 1973

La Mariée de Saint-Médard, Flammarion, 1984

Les Eaux rouges, François Bourin, 1988 ; Le Livre de Poche, 2004 ; Réédition : Serge Domini, 2017

Les Trois Naissances de Virginie, Juillard, 1995 ; Le Livre de Poche, 2004

Un amour de 48 heures, Denoël, 1997

Le Luthier de Mirecourt, Denoël, 1999 ; Folio, 2002 ; Éditions Bonneton Poche, 2024

Les Ailes d'Isis, Le Cherche Midi, 2002 ; Folio, 2002

Le Soleil des Pierres, Le Cherche Midi, 2005

Un père en héritage, Serge Domini, 2019

Le Bout du monde, Éditions Bonneton, 2023

Essais

Les Chagrins d'amour, Grasset, 1976

La vraie vie des femmes commence à 40 ans, Grasset, 1979

Ce que les femmes n'avaient jamais dit, Grasset, 1982

Parlez-nous d'amour, Flammarion, 1986

Seules, François Bourin, 1992

Récits

La petite fille aux doigts tachés d'encre, Flammarion, 1985 ; Réédition : Association Pré-textes, 2022

(*Suite en fin d'ouvrage*)

JEANNE CRESSANGES

UNE FEMME SI TRANQUILLE

Christine Bonneton [ROMAN]

Direction éditoriale
Hélène Tellier

Éditeur
Joseph Vebret

Correctrice
Delphine Gay

Conception graphique
Tendorpa / Francis Rossignol

Composition
Atlant' Communication

2, rue Colombier – ZA Les Vignettes – 63400 Chamalières
www. Editions-bonneton
ISBN : 978-2-3848-7117-9

Christine Bonneton éditeur,
un département de Losange éditions

« Comme l'amour, comme la mort,
la vérité a besoin des voiles du mensonge. »

Claude Aveline, *Pégomancie*

À la poétesse Béatrice Marchal,
la romancière Chantal Forêt,
qui , par leurs amitié, m'ont
donné le souffle nécessaire
pour écrire ce roman.

I

Il était quatre heures, cet après-midi d'août 2015, quand Robert Masson s'assit à son bureau, rue Madame, cigare au bec. C'était la *reprise*. Il revenait de déjeuner avec Gérard Frijolle, un auteur pour lequel il n'avait pas grande estime, mais qui se vendait bien et qui, de nature joviale, amateur de bons bistrots, bons vins, bonnes histoires, était de compagnie agréable.

Posé au milieu de la table, à côté d'une grande bouteille d'eau, un manuscrit dont, au premier regard, il découvrit le titre et le nom de l'auteur : *Une femme si tranquille,* Anne Dauvent. Il appela sa secrétaire, lui demanda quand Anne était venue, s'étonna qu'elle n'ait pas pris rendez-vous.

— Quelqu'un a déposé ce manuscrit à l'accueil, dans une enveloppe que j'ai ouverte.

— Pas de lettre d'accompagnement ?

— Non. J'ai cru qu'elle s'était entendue avec vous.

Rejeté contre le dos de son fauteuil, il ralluma son cigare qu'il continua à téter, songeur. Depuis combien de temps la connaissait-il ? Trente ans ? Plus encore ? Un cocktail après le prix Monomotapa, donné par dix écrivains bons amis, comme dans la fable, ou faisant mine de l'être… Fines gueules, ils se réunissaient dans un excellent restaurant du quartier de l'Opéra. Prix qui, généralement, faisait tomber de l'or dans la poche de l'auteur et de l'éditeur. Son père l'avait conquis, cette année-là, après une lutte fratricide avec un « cher confrère ». Un journaliste avait présenté Robert à Anne. Lui, éditeur en herbe ; elle, auteure d'un premier roman publié ailleurs. La presse avait été unanime : belle plume. On tenait un écrivain ! Silencieuse, elle avait souri, rougi aussi quand il lui avait serré la main. Un peu trop longuement ? Est-ce à cause de ce sourire, de cette rougeur ? Il avait tout de suite eu envie de l'avoir dans son *écurie*. Écurie, drôle de nom que l'on donnait alors à l'ensemble des auteurs qui avaient signé pour trois, quatre livres chez un éditeur. À l'époque, la fidélité était requise au lit et dans les lettres, même si les « coups de canif » étaient nombreux ! La débaucher posait donc problème. C'est elle qui vint le trouver, un an plus tard, manuscrit en main. Manuscrit que le confrère avait refusé, mais que lui publia. La presse fut un peu moins élogieuse que pour le premier roman, la vente nulle. Il avait gardé cette auteure au long des années, bien qu'elle n'ait jamais « trouvé son public », formule qui, il le savait, ne voulait pas dire grand-chose, employée dans le *milieu* quand on parlait d'écrivains de talent dont les romans ne manquaient ni d'intérêt ni de charme, mais boudés, on ne savait pourquoi, par les lecteurs. Avant de les jeter dans ce fourre-tout, on avait évoqué leur couverture, leur titre, la date de publication, la mine de l'auteur, son manque d'entregent ou, comme pour les acteurs, de « présence » dans les médias, dans les salons... Rien à reprocher à ces écrivains ! Comme on se refusait à prononcer le mot *chance* – ça porte malheur –, on utilisait une périphrase.

Robert Masson s'autorisa une petite plongée dans les sentiments qu'un temps il avait éprouvés pour Anne. Pour être franc, oui, il aurait été tenté de la séduire, l'invitant parfois dans des restaurants « cosy » où, lumière tamisée, on boit du bon champagne. Il n'avait jamais pu faire le geste qui aurait peut-être retenu la jeune femme. Deux raisons l'en avaient empêché. L'une tenait à elle :

attentive à ses propos, elle s'entourait de silence dès qu'il tentait d'en savoir plus sur elle-même, déviant vite la conversation vers la littérature, la vie en général. L'autre, rédhibitoire : une vieille amie lui avait appris – en confidence – qu'Anne entretenait une liaison secrète avec un de ses auteurs. Alexandre Péchalant, un homme beaucoup plus âgé qu'elle, marié, réputé pour son esprit caustique, ses essais au vitriol sur les hommes – et les femmes – en général. À part quelques fans, inconnu du public. S'il le publiait, c'était par admiration pour un style parfait et pour la puissance d'une pensée dont il contestait pourtant le cynisme et la désespérance. Aussi parce qu'il trouvait élégant, lui, un éditeur comme son père, proche des puissants, d'avoir un auteur qu'on avait classé « anarchiste ». Qu'Anne et lui soient amants le laissa pantois, d'autant plus que son informatrice lui avait dit : « Il est très épris d'elle, mais se garde de le montrer. Sa femme est une grande dépressive ; elle a déjà fait plusieurs tentatives de suicide. Or, il est attaché à sa femme, une amie d'enfance. » Face cachée d'un homme qu'il croyait connaître, que ses rares amis qualifiaient d'animal à sang froid.

Faute de mieux, Anne devint pour lui une amie. Surtout quand, à plusieurs reprises, elle l'invita dans son modeste logis des Abbesses, où il retrouvait Alexandre Péchalant et que tous les trois purent parler de tout en toute liberté. Il goûta longtemps cette amitié rendue piquante par un soupçon de désir amoureux, qui demeura en l'état, même après la mort de l'amant caché. Les années passant, les invitations qu'il lui lançait s'espacèrent. Elle venait moins souvent le voir, lui téléphona plus rarement. Lisant ses manuscrits, il lui devina d'autres amours, la taquina. Passé la cinquantaine, elle rougissait toujours, rieuse mais secrète. Il restait maintenant un an sans la voir, l'accueillait avec la même émotion quand elle lui téléphonait : pouvait-elle lui parler du « petit dernier » ?

Pourquoi, cette fois-ci, ne l'avait-elle pas appelé ? Était-elle malade ? Il allait composer son numéro quand sa secrétaire lui rappela qu'il devait se rendre au thé de Mme la duchesse de Bautigny, présidente du jury Les Femmes, pour lui toucher un mot du dernier livre de Florance Bignon. Elle appela un taxi : il allait être en retard.

Il saisit son manteau, soupira : corvée ! Il aurait pu l'éviter, y envoyer son directeur littéraire, Patrick Bélier, un jeune écrivain débarquant, inconnu, de sa province avec un manuscrit soutenu par Gracq, dont la beauté – un pâtre grec, disaient les dames –, le bagout et, il faut bien l'avouer, la réputation de don Juan avaient conquis le Tout-Paris des Lettres. Le Tout-Paris, mais pas la duchesse qui avait vite flairé en lui un petit escroc des Lettres et un mythomane. Elle en avait connu d'autres. Encore moins Monique Nyver, conseillère n° 1 de la maison, embauchée depuis un an sur sa réputation : très bonne famille du quartier Saint-Germain, agrégée de philosophie. C'est Patrick qui l'avait recommandée : « Une perle, patron ! » Il aurait dû se méfier.

Rentré chez lui, Hélène, sa femme vint l'accueillir en robe d'intérieur, signe que leur dîner serait sans invités. Content, il alla se mettre en pyjama et robe de chambre. Devant poulet froid et salade, à la demande d'Hélène, il évoqua quelques potins colportés par les journalistes présents au thé chez la duchesse, donna des nouvelles d'amis ou de rivaux et, comme toujours, finit son récit par une allusion à une anecdote qu'elle connaissait par cœur, l'ayant entendue cent fois par son beau-père, mille par son mari, celui-ci la racontant à chaque nouveau venu, histoire de le mettre à l'aise. « Tu me pardonneras, je ne t'ai pas rapporté une serviette à thé de la duchesse ! »

Son père, Jean Masson, fondateur des éditions, se rendait lui aussi une fois par mois chez la duchesse pour y faire sa cour et lui glisser à l'oreille le nom d'un auteur auquel il aurait souhaité qu'elle s'intéresse. Mais avant, il fallait sacrifier au rite du thé : assis sur une chaise de style peu confortable, tasse dans la main droite, assiette de petits fours dans la gauche, serviette sur les genoux, sans table à portée de vue, écouter le récit du dernier voyage de l'hôtesse ou sa critique des spectacles qu'elle avait vus, tout en se demandant comment saisir un gâteau sans renverser sa tasse. Un jour, il arriva à ce rendez-vous avec grand retard. Avant de quitter son bureau, il était passé en hâte aux toilettes. Chez la duchesse, on ne demandait pas où faire pipi ! Il s'assit au dernier rang des invités. Le maître d'hôtel le chargea de la tasse, de l'assiette, de la serviette, le servit, l'œil lourd de reproches. Jean Masson, comme toute l'assemblée, faisait mine d'écouter la duchesse jonglant avec l'imparfait du subjonctif – elle avait écrit un ouvrage savant sur ce sujet –, quand un journaliste ami, placé devant lui, s'étant retourné pour lui faire un clin d'œil complice, fut pris d'un fou rire. Du menton, il lui montra le haut de ses cuisses qu'il tenait écartées pour être plus à l'aise. Un pan de sa chemise était sorti de la brayette que, dans sa hâte, il avait oublié de fermer. Aussi discrètement que faire se peut, il déposa l'assiette de petits fours sous la chaise et remit de l'ordre sous sa veste. Ouf ! Il était convenable pour présenter ses hommages à Mme de Bautigny. Rentré chez lui de bonne humeur, il s'était assuré, comme son fils ce soir, qu'ils étaient seuls pour dîner, sa femme et lui, puis était passé dans sa chambre se mettre à l'aise. Quand il enleva le pantalon de son costume, une petite pochette tomba sur le tapis : la serviette à thé aux armes de la duchesse mêlée au pan de chemise ! Que faire ? La rendre avec des excuses ? La garder ? Ils en discutèrent toute la soirée avec sa femme, décidèrent de la garder. Elle faisait partie, depuis, du patrimoine familial.

Après dîner, Hélène l'embrassa. Télévision ouverte, elle se lança dans une série de SMS. Il s'enferma dans son bureau. Cigare. Il ouvrit sa serviette, en tira le manuscrit de Gérard Frijolle. Il lui fallait le lire au plus vite car Gérard était un auteur « une fois par an ». Traduire : un roman à son nom devait sortir tous les ans car ses lecteurs ne supportaient pas d'attendre plus longtemps leur drogue. On allait être en retard d'un mois et il entendait déjà les plaintes des libraires. Le visage d'Anne passa devant ses yeux. Il lui téléphonerait demain.

La voix qui lui répondit était celle d'une jeune femme.

— Anne Dauvent est absente.

— À quelle heure revient-elle ?

— Je l'ignore, monsieur.

Il déclina son titre d'éditeur d'Anne. Le ton, jusque-là assez froid, changea, comme si la personne qu'il avait au bout du fil le connaissait :

— Ah, oui ! Bonjour, monsieur. Je suis l'employée d'Anne Dauvent, Carina Révendat. Anne est en voyage. En Égypte, je crois. Pour se documenter. Un nouveau roman. Celui qu'elle a fini, je l'ai déposé hier à votre maison d'édition.

— Savez-vous pourquoi elle ne me l'a pas apporté elle-même avant son départ ?

— Elle était pressée, je crois. Venait juste de le finir.

— En Égypte, elle y était déjà allée, il y a trois ans. Elle y est retournée ?

— Je crois, oui.

— Elle rentre quand ?

— Je ne sais pas exactement, monsieur. Pas tout de suite, c'est sûr ! Elle doit me tenir au courant.

— Vous avez l'adresse d'un hôtel où elle serait descendue ?

— Non, monsieur. Et vous savez bien, elle n'a pas de portable !

Oui, il savait. Il n'avait jamais compris ses raisons. « Étourdie comme je le suis, disait-elle, je passerais ma vie aux objets trouvés ! J'ai déjà assez de mal avec mes lunettes !

— Quand vous connaîtrez la date de son retour, vous m'appelez ?

Il lui donna son numéro personnel. Elle promit de le tenir au courant.

Une inquiétude l'habita durant tout l'après-midi et le dîner où Hélène, comme souvent, avait réuni quelques familiers. Quand ils furent partis :

— Un souci ? demanda-t-elle, s'asseyant dans le salon pour le dernier verre.

— Un souci, pas vraiment.

Il lui parla du manuscrit d'Anne, lui rapporta sa conversation avec son employée de maison.

— Eh bien, dit Hélène, où est le problème ?

Hélène avait dix ans de moins que son mari. Ils s'étaient mariés jeunes. Coup de foudre. Elle était d'une famille d'avocats connus, richissimes, disait-on, grande, mince, toujours élégante, quelques études de Lettres. Bien qu'elle ne connaisse rien au métier, papa l'avait casée comme secrétaire chez Masson-père. Robert ne l'y avait pas laissée six mois, craignant qu'elle ne tombe ente les pattes du vieux. Devenue sa maîtresse à lui, il ne tarda pas à l'épouser, à la satisfaction de tous. Hélène était parfaite. Elle recevait les amis et ennemis de son mari avec de grands sourires et des repas gourmands. Pour ne froisser personne, elle évitait de prendre part aux débats littéraires, ce qui la faisait passer pour sotte auprès des méchants esprits. Bien au contraire ! Un esprit fin. Elle avait fort bien su rouler dans le miel les femmes auxquelles son mari s'intéressait d'un peu trop près et, le plus souvent, s'en faire des amies.

Avec Anne, elle n'avait jamais pu jouer la séduction, Robert ne l'ayant invitée que deux ou trois fois aux *dîners maison*. Il semblait préférer la voir, comme certains mecs, à déjeuner et au restaurant. Mais elle le soupçonnait de lui avoir caché quelques soupers fins avec elle. Elle ne l'avait côtoyée que dans de rares cocktails. Quand elle avait essayé de faire parler Robert sur cette femme, elle s'était heurtée à un mur : c'était un auteur comme un autre. Elle savait que non. Mais il y avait longtemps qu'Anne n'était plus qu'un fantôme qu'elle avait oublié. Et voilà que par son absence, elle retrouvait vie !

Robert avait allumé son cigare du soir, haussé les épaules :

— Ce n'est ni un souci ni un problème, mais cette façon de faire n'est pas dans son style.

La voix d'Hélène prit une douceur inquiétante :

— Mon ami, tu ne peux connaître la vie de tous tes auteurs. Surtout celle des femmes ! Surtout de celle-ci, charmante, certes, mais si secrète, si effacée !

— Secrète, oui. Effacée. Ce n'est pas le terme que j'emploierais.

Elle s'efforça de rire.

— Peut-être pas, tu as raison, pour ceux ou celles qui sont passés dans son alcôve ! Y serais-tu passé ?

Il leva les yeux au ciel ?

— Ne dis pas de sottises, ma chérie. Si on allait se coucher ?

Il y avait longtemps qu'ils n'avaient pas fait l'amour ; ils le firent. La vague inquiétude qui tenait Robert disparut. C'est Hélène qui en hérita.

II

Quand je l'ai vue allongée par terre, bouche et yeux grands ouverts, j'ai cru que j'allais tomber de même. Je suis rentrée en hâte dans ma piaule et j'ai bu jusqu'à plus soif. Whisky.

Réveillée par la sonnerie du téléphone, j'ai cru ne jamais pouvoir l'attraper : des douleurs partout ; comme battue. C'était ma grand-mère. « Je t'ai attendue, hier, pour déjeuner, comme d'habitude, le dimanche. J'ai appelé plusieurs fois. Rien ! Je me suis fait un mouron ! J'ai été chez toi. J'ai frappé. Où t'étais ? J'allais prévenir la police. » J'ai parlé d'une amie malade. La malade, c'est moi ! J'ai dit que j'allais descendre pour la voir, la rassurer. Elle a pris sa voix grondeuse : « T'as vu l'heure ? Tu devrais être chez notre romancière ! » J'ai balbutié : « Oui. J'y vais. On se voit à midi. » Sous la douche, je me suis réveillée : on devait être lundi et j'avais fait un cauchemar. Mais pourquoi avais-je vidé la bouteille de whisky ? Que m'était-il arrivé ? Tout était flou dans ma tête, autour de moi. J'étais devenue robot.

Chez elle, dès l'entrée, l'odeur… Non, ce n'était pas un cauchemar !

Quand, après avoir accompagné une cliente à la porte de son *laboratoire* de tatouage-piercing, Bruno est revenu vers moi la mine sombre, me demandant ce que je foutais dans sa salle d'attente, ma tête a dû lui signifier qu'il valait mieux se montrer aimable.

Juchée sur son fauteuil de torture, lui en tailleur à mes pieds, je lui ai dit, avalant mes mots et mes larmes, ce qui venait d'arriver. Bruno, ton sec, s'informa :

est-ce que j'avais prévenu quelqu'un, le médecin, la police, de la famille, des proches d'Anne, puis si les autres proprios de la maison de « ma vieille » étaient chez eux ? Pour la première fois, il avait prononcé « ta vieille » d'un ton tendre qui aurait pu faire penser qu'il parlait de ma grand-mère, ce qui me fit redevenir fontaine glougloutant *non* à presque toutes ses questions. De la famille, elle n'en avait plus, des proches, très proches non plus. Autrefois, oui, d'après ce que je savais, des amis en grand nombre ou des relations, mais aujourd'hui, tous « partis destination inconnue, disait-elle, ou devenus d'humeur si aigre que je n'ai plus envie de les voir ». Quant à ses deux voisines – des retraitées – elles étaient, depuis juin, dans leur campagne. Celles des maisons face à la sienne avaient fermé les volets au début du mois. Il me tendit un kleenex :

— Mouche-toi et remets tes lunettes noires. Si quelqu'un entre, il va croire que je viens de te foutre une branlée… Tu as une idée de qui a pu faire ça ?

— Non. Je te l'ai dit : à part ma grand-mère et moi, elle n'avait plus personne.

— La porte était ouverte ? Fermée à clef ?

— Fermée, je crois.

— Tu crois… Tu n'es pas sûre…

— Non. Elle n'était pas méfiante, dans la journée, la laissant ouverte. Oui, la nuit, elle la fermait. Dès fois, elle oubliait. Je la grondais.

— Je vois. La porte ouverte. Un petit malfrat qui traîne. Il comprend que la maison est vide… Ça se passe mal. Il prend peur, file en emportant quelques trucs qui traînent… Classique ! Bon, tu n'y retournes pas avant ce soir onze heures. Et en douce. Je t'y rejoindrai.

— Mais la police ? Il faut…

— Rien du tout !

— Pourquoi ?

Il grimaça :

— Petits problèmes en ce moment.

— Je ne vois pas en quoi tu pourrais être inquiété par une histoire qui…

— Une histoire qui peut te mettre en cause, donc moi.

— Je ne vois pas.

— Parfait ! Tu ne vois rien, t'as rien vu. Tu rentres chez toi, peinarde. Si t'as d'autres ménages, tu les fais. Tu la fermes et rencard comme je t'ai dit. OK ?

Une autre cliente arrivait, je suis partie, tourneboulée. En passant devant le commissariat, j'ai failli entrer. Je ne l'ai pas fait, je ne sais pas pourquoi. Si, je sais. Je ne vais pas commencer à tricher. Surtout pas avec moi. Si j'étais entrée et qu'on m'avait cuisinée, j'en aurais dit bien plus que je ne voulais car je ne me demandais oùelle était, la vérité.

Pour la première fois, vendredi, on s'était disputées. Elle venait de découvrir – comment ? – quelque chose que je lui avais caché. Ce qui l'avait mise en colère, ce n'était pas l'emploi du temps de certaines de mes nuits, affirmait-elle haut et fort, qui la choquait, mais que je ne l'en ai pas avertie. Je lui ai répliqué qu'à vingt-cinq ans, j'avais bien le droit d'avoir ma vie. Elle n'était pas ma mère. Même ma grand-mère, ça ne la regardait pas. Que, si elle, elle l'avait appris, c'est qu'elle me fliquait !

— C'est bien mon style, dit-elle d'une voix sèche.

— Parfaitement ! Un romancier, c'est un détective. Je vous cite.

— Pas avec les gens que j'aime.

— Alors, comment vous l'avez su que certains soirs je remplaçais Youki à La Cage de Vénus ?

— Le hasard.

Que quelqu'un ait pu me reconnaître dans ce spectacle sordide, ait cafté auprès d'elle, qu'elle l'ait cru, m'angoissait. Aussi son regard, où passait des vagues d'ironie méprisante, qui noyaient celle que j'étais auprès d'elle. Celle que j'avais fabriquée, avec son aide. Pour elle. Celle que parfois je croyais être. « D'une certaine façon, vous m'avez élevée. D'une certaine façon, vous avez été, pour moi, comme une mère. Pour faire quoi ? Votre ménage ? Vous distraire ? Pour vos vieux jours ! C'était pas la peine de m'apprendre tant de trucs pour qu'avec ma paie de bonniche je sois obligée de faire la pute ! » Je suis partie en claquant la porte pour ne pas entendre la liste de ses générosités. Elle ne me les rappelait pas, certes, mais toutes s'affichaient dans sa tête et la mienne… Est-ce que je pensais vraiment ce que je disais ? Oui, à ce moment-là. D'autres fois aussi, quand je l'enviais pour son savoir et d'avoir pu, grâce à lui, devenir quelqu'un. Pas autant qu'elle le méritait, mais quelqu'un quand même d'un peu connu, qui faisait que, dans le quartier, on chuchotait son nom avec respect : « Vous savez bien, c'est Anne Dauvent, l'écrivain ! — Ah, oui, ça me dit quelque chose. » Cette jalousie qui, parfois, me prenait, que je lui jetais ce jour-là à la figure, je ne me l'étais jamais vraiment formulée : un coup de vent dans un coin de rue. Ça ne durait pas. Ce jour-là non plus, ça n'avait pas duré. Au bas de l'escalier, déjà, je regrettais mes paroles.

Comme promis, à midi, je suis passée voir ma grand-mère dans la loge du 3 de la rue d'Orchamps, immeuble où je vis également dans une chambre de bonne perchée au septième étage. Il y a longtemps qu'il n'y a plus ni concierge ni gardienne, mais comme elle a tenu cet emploi depuis son arrivée à Paris – il y a quelque cinquante ans, alors qu'elle en avait trente ! – le proprio, à sa retraite, tardive, lui a permis, contre un loyer qui lui bouffe en partie sa pension, de rester dans ses quarante mètres carrés. Portes vitrées donnant sur la vaste entrée de l'immeuble, masquées par des rideaux de velours bleu, une unique fenêtre sur le rebord de laquelle elle élève des géraniums roses, juste au-dessus des poubelles de la cour. Malgré son emphysème qui la tient au logis, l'empêchant d'aller loin dans ce quartier, elle continue à garder les clefs des gens de la maison, à s'occuper d'un enfant, d'un malade, à dire un mot de réconfort, donner des conseils de médecine douce et de cuisine robuste aux uns et aux autres, et même à faire profiter aux non-rationalistes de ses dons de voyance ! Elle n'est pas seulement ma grand-mère, mais la mère de tous, veillant derrière un de ses rideaux légèrement écartés à leurs allées et venues, à l'entrée ou la sortie d'étrangers à la maison, non par curiosité malsaine mais pour s'assurer du bon ordre de cet univers sur lequel elle règne en douce autorité. Certes, il arrive que certains de ses sujets se rebellent. Moi la première. Aussi, parfois, les nouveaux locataires, car la faune du coin s'est totalement renouvelée au fil du temps. Finis les vieux et vieilles, souvent si pittoresques, un peu toqués, qui se prenaient plus ou moins pour des artistes parce qu'ils buvaient sec et nourrissaient les chats du quartier ! Remplacés peu à peu par une population dite « branchée ». Ignorant leurs airs de jeunes cadres dynamiques, Grand-mère les a, les uns après les autres, mis dans sa poche. Bienheureux de tomber sous son aimable pouvoir dès qu'ils perdent leur clef, un amour, la santé, leur travail, ont besoin d'une chemise, d'une robe bien repassées, d'un bouton à recoudre, d'un ourlet à faire, ou quand un problème, quel qu'il soit, se présente. Elle a un énorme carnet d'adresses constitué au fil des ans où elle trouve presque toujours la bonne personne pour un dépannage. Dans le quartier, tout le monde la connaît et l'appelle, je ne sais pourquoi, Zaza – car elle se nomme Louise. Je ressasse toutes ces choses pour ne pas penser à ce qui est arrivé.

À peine étais-je assise que, m'examinant, elle me mit devant le nez une assiette de fromage, un morceau de clafoutis, m'ordonnant de manger car, selon elle, j'avais une mine de papier mâché. « Et t'as vu tes yeux ! Qu'est-ce qu'il y a ? T'as pleuré ? » J'ai dit non. « Alors c'est la fumée de cigarette. Je t'ai déjà dit… » Et elle enfila la liste des catastrophes médicales qui allaient me tomber dessus. Elle passa à la façon dont j'aurais dû me nourrir, en termina par : « Je vais te donner un flacon de ma potion à base d'ortie et de quinquina. Une cuillère trois fois par jour pendant un mois et, hop, tu te sentiras mieux. » Puis tomba la question que je redoutais : « Comment va notre romancière ? » Parmi mes divers patrons et patronnes, seule Anne l'intéresse, ayant été la première à la connaître, quand, à ses heures de liberté, elle lui faisait son ménage. Elle possède tous ses livres, soigneusement rangés par date de parution et dédicacés, sur une longue étagère qui fait le tour de la pièce. Suivent ceux du Général de Gaulle, son dieu, dont elle a la photo encadrée sur son poste de télévision. Après viennent des livres de cuisine, de travaux ménagers, de médecines parallèles, d'occultisme et de prières, dont certaines *sentent le fagot*. J'aime cette expression. La première fois qu'Anne l'a employée devant moi, j'ai dû lui en demander le sens. Le cours qu'elle m'a donné nous a conduites au temps des sorciers et de l'Inquisition.

Avec elle, que de fois ai-je voyagé dans le temps et le monde grâce à un mot ! Que vais-je faire, maintenant que… ? Dans le quartier, ma grand-mère se voulait sa meilleure attachée de presse, parlant d'elle avec dévotion, à ses voisins, aux commerçants, aux facteurs, aux policiers. Enfin, à tous ceux qu'elle connaissait aux Abbesses, gardant pour moi ses réserves : « Pour une dame aussi distinguée, tu ne trouves pas qu'elle écrit de drôles de choses ? » Je lui expliquais que les écrivains d'aujourd'hui présentaient des situations encore bien plus osées que celles où les héros d'Anne s'aventuraient. Et avec un langage moins châtié.

— Quand même, disait-elle, tu devrais lui suggérer d'écrire de temps en temps un roman *bien comme il faut.*

— Mais ils sont *bien comme il faut,* grand-mère !

Elle me regardait alors d'un air navré, mesurant une fois de plus le précipice creusé entre nous dont, au fil du temps, elle n'apercevait plus le fond.

— Pourquoi ne lui dis-tu pas toi-même quand elle vient te voir ?

— Cela me donne tant de joie, que je ne vais pas tout gâcher !

Et elle ajoutait, rieuse et l'œil qui frise : « Je préfère lui faire les cartes ! » Un silence. Nous parlions d'autre chose, de ces pauvres petites choses du quotidien qui permettent à des étrangers de l'être un peu moins.

Je n'allais pas lui raconter ce qui était arrivé à Anne et du même coup à moi. J'ai répondu qu'elle allait bien en essayant d'avaler une bouchée, mais ça ne passait pas. Je dus repousser mon assiette.

— C'est la chaleur, dis-je. Je vais aller au lit de bonne heure.

— Tu ne veux pas dîner avec moi ?

— Merci, j'ai de quoi dans le réfrigérateur.

— Je connais : un morceau de pizza, une tomate, un abricot. Mieux vaudrait un bon beefsteak. Ah, ma fille, tu me fais faire du souci ! Et surtout ne va pas comme souvent traîner en ville ! Si tu t'imagines que j'ai avalé ton histoire d'amie malade ! Quelle amie ? Une nouvelle que tu me caches car elle fait la vie !

En l'embrassant, je lui assurai qu'elle se trompait du tout au tout.

Mon problème, habitant sa maison : échapper à sa surveillance. Elle ignorait la nature de mon travail de nuit à La Cage de Vénus et mes relations avec Bruno, déplorant que je le considère comme un *pote* et que j'aille parfois boire un verre avec lui au Café de la Place, depuis que je m'étais fait tatouer une libellule sur l'épaule gauche, ce qu'elle jugeait du dernier commun : « C'est un truc de matelot, et encore ! Et puis ce Bruno a mauvaise réputation. Un maquereau ! Je ne comprends pas qu'une fille comme toi… » Heureusement, j'avais, dans l'immeuble où nous étions colocataires, ma sortie secrète. La cour aux poubelles, dont j'avais la clef, n'était séparée de celle de la maison voisine que par un grillage que je parvenais à franchir dans un coin qui échappait à sa vue. De là, par la brèche d'un mur, j'arrivais dans le jardin d'un ancien atelier de peintre abandonné, d'où je gagnais la rue Lepic. « Montmartre a encore ceci de merveilleux, c'est que chacun peut y jouer les passe-murailles », disait notre romancière, sans savoir que j'en savais quelque chose. Je revenais par le même chemin et montais l'escalier dans le noir, mes souliers à la main. Jusque-là, j'avais eu de la chance, ne rencontrant personne de la maison ou du voisinage, hormis le locataire du troisième, un homosexuel fort courtois qui avait lui aussi sa vie clandestine et ne m'aurait jamais trahie.

Ce maudit lundi soir, dans ma chambre, jetée sur mon lit, j'adjurais le Dieu de mon enfance qu'avant mon rendez-vous du soir avec Bruno, ma grand-mère éclairée par son tarot me fasse tout avouer, me conduise à la police. Tout plutôt que de retourner chez Anne.

Pourtant, à heure dite, j'y étais. Quand j'entrai dans le salon, la vue du corps, autant que l'odeur qui s'en dégageait, me cloua au sol. Heureusement, Bruno arriva sur mes talons, pas seul. Avec lui, Franck, un costaud de vingt ans, légèrement demeuré, qui dépensait le peu qu'il gagnait comme déménageur en tatouages et piercings. Après avoir mis ses gants de travail pour examiner le cadavre, m'avoir fait répéter ce que je lui avais raconté de ma découverte le matin même, il déclara :

— Voilà ce qu'on va faire : on enlève le corps, le tapis, les coussins, tout ce qui est taché de sang. On fait disparaître. Dès demain matin, à l'aube, tu reviens, tu examines toutes les pièces pour voir si on ne lui a rien volé. Tu fais sa valise avec ses vêtements d'été, ses affaires de toilette, son sac avec argent, carte, carnet de chèques, papiers, portable. Tu vides le frigo, tu l'arrêtes. Et le congèle, la messagerie du téléphone. Tu fais le ménage. À fond. Les murs, les meubles, les objets, jusqu'aux boutons électriques ou de porte. Tout. Plusieurs fois. Je t'attendrai demain soir à onze heures en bas dans l'entrée. Tu me donnes ses bagages. Et je m'en charge. Tu reviendras tes jours de service. Tu enlèveras le courrier de la boîte aux lettres. Si quelqu'un te pose des questions, tu réponds qu'elle voyage en Angleterre, en Amérique, en Afrique, ce qui te passera par la tête, pour un prochain roman, sans adresse fixe et pour une durée indéterminée.

— Mais qu'est-ce que vous allez faire d'elle ? ai-je crié.

Il me fit signe de baisser le ton.

— T'occupe ! Là où on la mettra, on ne la retrouvera pas.

— Ce n'est pas possible ! Elle voulait reposer près de ses parents dans un village du Bourbonnais.

— Ne nous fais pas chier avec des momeries. On n'a pas de temps à perdre. Tu sais bien qu'à minuit, la pute de la rue prend son service.

Ils déplièrent un grand sac en plastique que Franck tenait sous le bras, qu'ils étendirent sur le sol. Je me précipitai dans la salle de bains. Non seulement je ne voulais pas voir ça, mais le peu que j'avais avalé chez ma grand-mère me remontait dans la gorge en flots acides. Je ne pouvais ni vomir ni pleurer. Je restai là, la tête dans le lavabo, où je laissais couler l'eau froide à plein jet pour ne pas entendre les jurons des deux hommes qui emballaient le corps de mon amie.

Je redescendis peu de temps après eux, sans regarder autour de moi. Demain, il serait temps. Dans la rue, la petite Vietnamienne venait d'arriver ; elle allumait sa cigarette. Je lui tournai le dos mais elle me rattrapa en quelques enjambées.

— Vous venez de chez Anne Dauvent ?

J'étais à cent lieues de penser qu'elle la connaissait. Je fis un signe de tête qui ne signifiait rien.

— Elle est malade ?

— Non, mais elle part demain matin très, très tôt en voyage. Je l'ai aidée à préparer ses bagages.

— Ah oui, ses fenêtres étaient allumées quand je suis arrivée.

Nous nous dîmes bonsoir, je rentrai chez moi me demandant si elle n'avait pas assisté à l'embarquement du cadavre. Je ne dormis qu'en points de suspension, l'esprit ravagé par des visions d'un corps, méduse flottant entre deux eaux, qui ne pouvait qu'être celui d'Anne. Un écœurement me brûlait à l'acide du ventre aux lèvres.

À six heures du matin, j'étais de nouveau chez elle et je fis ce que je devais faire. Eau de javel. Six doses. Je purifiais tout. J'effaçais les traces du ou de la criminel(le). Je supprimais l'odeur. Je niais la mort. J'ai tout bien fait comme me l'avait commandé Bruno, sauf que je n'ai pas débranché le téléphone. J'ai mis le répondeur pensant que, partant pour un long voyage, elle aurait agi ainsi afin de pouvoir écouter ses messages. Dans son sac, à l'intérieur de son portefeuille, avec quelques billets de vingt euros, j'ai trouvé une carte sur laquelle elle avait écrit : « En cas d'accident grave ou de décès, prévenir François Delaville », suivi d'un numéro de téléphone. Il y avait un homme dans sa vie et je ne le savais pas.

Et ce manuscrit où, il y a peu, elle avait mis le mot « fin », qu'elle devait porter chez son éditeur, qu'en faire ? Le détruire ? Impossible, je ne pouvais la faire mourir deux fois ! Le déposer moi-même ?

Je ne peux pas penser qu'elle est morte, que je pourrai ouvrir les tiroirs, chercher partout. Non, je ne peux pas. Je me glisse dans l'histoire inventée par Bruno : elle est partie en voyage. Il n'y a que comme ça que je peux aller, venir, parler à mes autres patrons, à ma grand-mère. Je n'ai pas remis les pieds chez lui. En moi, les images obsédantes de cette toile en plastique où ils ont dû la rouler. Celle de cet énorme ballot qu'ils avaient hissé sur leurs épaules et qui y tressautait quand ils ont descendu l'escalier. Je ne pourrai plus sentir les mains de Bruno sur moi après ça. Je ne me suis jamais intéressée à la psychologie – Anne me le reprochait – mais je voudrais bien savoir pourquoi j'ai si facilement obéi à Bruno et pourquoi, maintenant, j'éprouve à son égard cette répulsion. Un rejet de moi-même, de ce que j'ai laissé faire.

Si je réfléchis à ce qui m'a liée à Bruno depuis quatre ans, ce n'est pas la passion. Il est beau gosse, il m'a plu. J'ai aimé faire l'amour avec lui parce qu'au lit il est cool et caressant, rieur, causant, ne craint ni les entractes ni les *revenezy* – une expression d'Anne qu'elle tenait de son terroir, qu'elle employait quand un mets lui paraissait si délicieux qu'il donnait envie de s'en resservir : *ça a un goût de revenezy,* disait-elle. Je savais que moi le dos tourné, il ne boudait pas devant une cliente qui se faisait tatouer le sein, la fesse, orner le nombril ou le reste de piercings en lui confiant ses états d'âme. Je ne dis pas que cela me réjouissait, que je n'en éprouvais pas quelque dépit, ni que je ne faisais pas une scène de jalousie à mon bonhomme quand je lui devinais quelque affaire en train car, comme beaucoup de mâles, il ne pouvait s'empêcher, gonflant le jabot, de laisser entendre que s'il avait voulu... Et il avait voulu, bien sûr, ou il allait vouloir ! Qui pouvait l'empêcher d'ailleurs ? « On n'était pas marié ! » Expression qu'il employait pour me faire taire et qui avait le don de m'exaspérer puis de me faire rire : marié, il aurait été au-devant des aventures, alors qu'il se contentait de les accueillir, ne serait-ce que pour me prouver, et à lui, qu'il était libre. Après l'orage, deux ou trois jours de bouderie, je n'y pensais plus et retrouvais avec plaisir ce que j'aime appeler nos *entretiens de plumard,* le mot *plume* ayant pour moi, allez savoir pourquoi, depuis que je travaille chez Anne, un pouvoir érotique. Disons que je n'ai pas de vrais sentiments à son endroit et que surtout, s'il n'avait pas été mon amant, je ne l'aurais pas eu comme ami. En réalité, je ne savais pas qui il était, d'où il venait, quelle était sa vie en dehors du magasin, et ne m'en souciais guère. Un bon copain. Bien sûr, depuis deux ans, et surtout depuis quelques mois – après son passage à Radio Montmartre qui l'a rendu célèbre, ici et ailleurs –, j'avais envie de faire savoir à ses admirateurs et trices (non je ne pratique pas l'écriture inclusive !) que j'étais dans sa vie… En effet, il avait découvert, grâce à une cliente opérée d'un cancer du sein et désireuse de masquer de vilaines cicatrices, le tatouage thérapeutique. Il faisait disparaître toute trace de bistouri sous de magnifiques dessins, le plus souvent inspirés des surréalistes, m'avait-il expliqué, en me montrant des photos. Avec Anne j'aurais aimé évoquer cet aspect noble du tatouage mais, pas plus qu'elle ne me parlait de sa vie privée – en avait-elle une depuis la mort d'Alexandre Péchalant, que ma grand-mère a connu, pas moi –, je ne lui confiais la mienne. Oui, pourquoi m'être précipitée chez lui après avoir découvert le crime ? Pouvait-il « réparer » aussi la mort ? Peut-être parce qu'il est rassurant par sa carrure et sa philosophie de la vie : avec lui, ça s'arrange toujours. Le drame, il ne connaît pas. Quand une cliente lui raconte ses malheurs, je suppose qu'il l'écoute, lui donne son mouchoir, un verre d'eau ou un remontant avec bons conseils et compliments assaisonnés de quelques caresses tout en rigolant à part soi. « Ah, les bonnes femmes, soupire-t-il parfois, l'œil qui frise, pour elles c'est toujours la fin du monde ! » Il est comme ça, Bruno, fanfaron, mais je sais que même pour lui, il se donne la comédie : les femmes, il les aime, et pas seulement pour leur corps. Normal. Je sais peu de chose de lui, mais que sa mère est décédée jeune ; trop de couches. Il était le dernier de huit enfants.

La mort d'Anne, pour moi, oui, vraiment, c'est la fin d'un monde.

Le chagrin que j'éprouve se double d'une fine toile d'inquiétude au sujet de Bruno : quels problèmes peut-il avoir avec la police ? Je sais bien que dans le quartier il a *mauvaise réputation*, comme ma grand-mère me l'a cent fois répété, mais encore ? Lui en parler ? Il va m'envoyer bouler. Et pourtant…

Toujours personne dans la maison ; ni en face. Le silence. Écrasant. Je suis entrée dans la chambre d'Anne, me suis allongée sur son lit et suis tombée dans le sommeil comme une pierre au fond d'un lac, me suis réveillée en sueur : oui, ils ont dû jeter son corps dans l'eau. J'ai vu les ondes qui s'agrandissaient à la surface jusqu'aux herbes des rives. Quand j'ai voulu me lever, le plafond tournait au-dessus de ma tête. Enfin redressée, pied à terre, j'ai pu me tenir debout, j'ai fait le tour de la pièce, la plus grande de l'appartement, dont les murs sont doublés de rayonnages remplis de livres. On faisait le ménage des bibliothèques une fois tous les deux ou trois ans en plusieurs séances. C'est Anne qui, malgré mes remontrances, grimpait en haut de l'escabeau d'où elle me tendait les bouquins que je dépoussiérais à l'aspirateur avant de les lui présenter à bout de bras afin qu'elle les replace, grognant contre elle quand l'année précédente elle s'était trompée dans l'ordre alphabétique des auteurs. Il y avait de multiples pauses. D'abord provoquées par ses préférés dont elle ne manquait pas de me lire une ou deux pages qui s'ouvraient d'elles-mêmes sur des fiches remplies de notes, une carte d'amis, une feuille morte. Ah Aragon !

Ah Baudelaire ! Et Constant, et Colette, et Duras et Joubert. Nous allions ainsi jusqu'à Zweig – notons que La Fontaine, Racine, Maupassant, Proust et quelques autres nous prenaient au moins deux matinées chacun ! Et il y avait ses deux dames de cœur qui, tous les ans, lui faisait crier à l'injustice car l'une et l'autre étaient effacées des mémoires : Suzanne Lilar, dont elle disait qu'elle lui devait son féminisme basé sur l'androgynie psychique des sexes – ce que je n'ai jamais trop compris –, et Claire Sainte-Soline, dont le style, prétendait-elle, avait la finesse de sa pensée. Quant à Marie Balmary, psychanalyste, toujours vivante, dont elle usait les ouvrages à force de les lire et relire, elle prétendait n'avoir pas tout compris de ses remarquables écrits décortiquant la Bible comme personne, mais qu'elle finirait bien par y arriver ! D'autres pauses étaient provoquées par des découvertes. « Tiens, disait Anne, en ouvrant un livre, je ne me souviens plus l'avoir lu. » Et debout, la tête au plafond, elle le feuilletait. Si l'ouvrage l'intéressait, elle me demandait de le mettre sur le *foutoir* (son bureau), sinon elle le rangeait en soupirant qu'elle devrait bien le jeter, mais jeter un livre, elle ne pouvait pas. Il y avait aussi ceux qu'elle voulait relire car elle les avait tellement aimés et elle tenait à me faire partager son émoi. À la deuxième ou troisième page, il arrivait qu'elle me regarde, les yeux ronds : « C'est pas vrai ! Je n'ai pas admiré ça ? Mais c'est mauvais ! » Et elle rangeait le coupable précipitamment. Le contraire pouvait advenir. Un qui lui était tombé des mains, qu'elle rouvrait pour bien s'assurer qu'il était nul, lui paraissait, d'un coup, un tel chef-d'œuvre qu'elle se traitait d'imbécile et, rouge de honte, au risque de se rompre le cou, ce qui me faisait hurler, s'asseyait sur la tablette de l'escabeau pour en dévorer sur place un chapitre, nous oubliant moi, mes cris et l'aspirateur. Quand elle daignait enfin m'écouter, elle me demandait de l'ajouter au *foutoir*. Les livres d'Alexandre Péchalant, eux, se trouvaient près de son lit, dans les rayonnages d'un joli petit meuble tourniquet, avec des flacons de parfum.

Le ménage des livres terminé après plusieurs séances de ce type, sa table-bureau disparaissait sous des piles d'ouvrages, ce qui la faisait soupirer : « Et il faudrait que j'ajoute encore de pauvres textes à tant de beautés ignorées, ce serait ridicule ! » Il y avait une rangée d'énormes dictionnaires placés tout en haut, au-dessus de la porte de sa chambre, auxquels on ne touchait jamais. « Trop lourds », disait-elle. Elle se contentait d'y passer un chiffon. Quand, un jour, je lui ai proposé de m'en occuper, elle a refusé.

— Ils sont tout dépenaillés à l'intérieur, les pages sont décollées, ils n'ont aucune importance.

— Pourquoi les garder ?

— Parce qu'ils me viennent d'un jeune ami poète qui, autrefois, habitait une mansarde dans cette rue. Je les lui ai rachetés pour qu'il se fasse un peu de sous.

— Il a déménagé ?

— Il est mort. Un virus, un sale truc. Il y a longtemps.

J'ai compris qu'il ne fallait pas insister.

Aujourd'hui, quand je suis sortie de sa chambre, j'ai vu qu'une araignée filait sa toile autour d'eux. Faire le ménage des bibliothèques… Oui, plus tard. Sans elle…

Pendant trois nuits j'ai dû remplacer Youki, partie voir son gamin en vacances chez ses parents en Normandie. Trois nuits semblables à celles que je passe dans ce cabaret minable depuis quatre ans, sourire aux lèvres, cuisse en l'air, indifférence au cœur, fatigantes.

Ah oui, fatigantes ! Mais qui m'ont permis, après, de dormir sans rêves jusque tard dans les après-midis, car tous mes patrons et patronnes étant en ce moment en vacances, j'aurais pu, comme tous les ans, en profiter pour paresser si les heures vides n'étaient pas, aujourd'hui, si lourdes à porter.

C'est Bruno qui, dès que je me suis fait tatouer la libellule sur l'épaule, apprenant la platitude de mon porte-monnaie, m'a mise entre les bras de Mine, propriétaire de La Cage de Vénus, une de ses vieilles copines. La cinquantaine, chignon et allure de danseuse, amabilité réfrigérante, elle me reçut dans un bureau qui lui ressemble derrière la scène du cabaret : murs blancs, ordre clinique, lumière électrique avec, pour seule fenêtre, un grand miroir. Elle me fit déshabiller, m'examina longuement, me faisant tourner, marcher, lever la jambe, me déhancher, m'accroupir. Après un quart d'heure de *tortillages* (j'aurais dû écrire : *tortillements,* mais le mot correct ne correspond pas à ce qu'elle me demandait de faire), j'avais le sentiment d'être nouée de partout, je transpirais, la gorge sèche. En silence, elle me regarda d'un d'œil sévère, soupira : « Pas terrible ! Pour remplacer Youki, il va falloir que tu travailles dur. Pour ses numéros, tu vois avec elle. Pour ceux qui concernent l'ensemble, c'est moi qui m'en occupe. Tu es libre quand ? » À croire que La Cage de Vénus, c'était le Crazy Horse ! Pendant un mois, je me suis fait porter pâle auprès de mes patrons du matin afin de pouvoir apprendre mon rôle, d'abord avec Youki, puis avec la troupe.

Sous le nom de Vicky, je figure dans trois tableaux. Dans le premier, avec trois autres danseuses, Paula, Tatiana, Émeline, des noms d'emprunt, et un danseur, Valentin, nous formons une sorte de ballet convulsif, sur musique rock, habit noir et chapeau claque pour l'homme, jupons et falbalas pour les femmes, dont nous nous débarrassons pièce après pièce avec lenteur, roulement de hanches, frémissements de seins et de fesses, nous offrant à la vue des spectateurs, côté face et côté pile. Quand la musique devient frénétique et les lumières rougeâtres, notre *boy*, tout excité, attrape nos vêtements pour les jeter dans un coin de la scène avant de revenir derrière nous, penchées en avant et nous tenant la main. Pour chacune, il simule la sodomisation alors que tour à tour, tête relevée, nous prenons un air d'extase… Dans la deuxième, accrochées à une immense toile d'araignée qui occupe tout l'espace, en maillot couleur chair, nous commençons d'abord par gigoter chacune dans notre coin, sur un air d'Offenbach, comme pour nous défaire des mailles qui nous emprisonnent. Le garçon en maillot noir reste immobile au milieu du filet qu'il tient à pleines mains. Peu à peu, nous rampons les unes vers les autres, puis deux par deux, mais changeant de partenaires, nous donnons à voir les prémices, les jouissances diverses et, bien sûr, les ravissements des amours lesbiennes. Dans le dernier tableau, nous exécutons (dans les deux sens du mot) un French cancan minable qui consiste surtout à montrer nos culottes, porte-jarretelles et bas noirs avant d'exhiber nos culs nus sous nos jupes relevées. Quant à notre partenaire, censé représenter le Désossé, il se risque à quelques entrechats en agitant son chapeau. Ces tableaux sont séparés par d'autres attractions : chanteuse à voix imitant Piaf, jongleur se servant de godemichés comme matériel, illusionniste faisant paraître et disparaître des objets de même nature. Au final, tous les *artistes* se réunissent pour chanter *Ça, c'est Paris !* devant une salle applaudissant debout, hurlant sa satisfaction. Le premier soir, j'oubliai de m'incliner, stupéfaite de honte et d'étonnement, ce qui me valut des remontrances de Mine qui m'accorda que « malgré tout, dans l'ensemble, je ne m'en étais pas trop mal tirée ». J'oubliais : chaque numéro est présenté par Pat, en costume blanc, qui aurait été bel homme si son visage n'avait dégouliné de maquillage et de fatuité. Surtout si son humour qu'il voulait *gaulois* n'avait été qu'un ramassis de vulgarités et si, dans les coulisses, il ne s'était cru obligé de jouer son rôle d'amant de la patronne en nous frôlant les fesses avec offre de service. Toutes, à tour de rôle, d'après ce qu'elles m'ont raconté, avaient accepté, ne serait-ce que dans l'espoir de jouer un mauvais tour à Mine, qu'elles n'aiment pas à cause de ses grands airs. Aucune n'en avait tiré plaisir ou gloire. Bonnes camarades, elles se firent un devoir de me prévenir d'entrée : « Te laisse pas entortiller, Pat est un mauvais coup. » Rien à craindre. Pour moi, il est comme Valentin, un mannequin. Je suis sans doute injuste. Que rien ne soit aussi simple, que sous le masque qui les pétrifie sur scène dans un rôle qu'ils se croient obligés de jouer aussi dans la vie – du moins entre eux –, je veux bien l'admettre, mais, paresse ou indifférence, je n'ai pas envie d'en savoir plus.

À la fin du spectacle, il arrive que des hommes nous attendent à la sortie, demandant à deux d'entre nous, les filles, de reproduire notre numéro saphique, en vrai et en chambre. Mine nous l'interdit, prétextant maintenir la bonne réputation de son établissement, ce qui est non seulement faux mais grotesque. Je crois qu'elle craint que, si nous réalisons en privé ce fantasme masculin bien connu, ils ne reviendront plus l'entretenir à La Cage de Vénus. Certaines des filles passent outre, en douce. Je ne m'y suis risquée qu'une fois, avec Paula, dont les allures de chatte, le rire, la gentillesse me plaisent. J'avais besoin d'argent – c'était avant Noël – et l'homme était jeune et beau, fait rare, ce qui m'avait donné envie de lui être agréable. Au lit, dans l'hôtel du boulevard de Clichy où il nous emmena, nous n'étions pas sur scène et la feinte n'était plus permise. Sans doute n'y prit-il pas plus de plaisir que nous, car il ne renouvela pas l'expérience. Une fêlure se fit dans l'amitié naissante que j'éprouvais pour Paula, comme si, pour reprendre nos marques, d'un accord tacite, nous tenions nos distances. Tentation de poursuivre ? Répulsion ? Il y avait eu des deux. Quand, au moment du maquillage, je l'observe en douce, si jolie de partout, je me dis parfois que, sans le regard du client sur nous, nos caresses nous auraient peut-être amenées à cette griserie qui annule le temps alors qu'en l'occurrence, il nous avait paru bien long, ce temps des enlacements sur commande et de faux plaisir. Et, il fut sans saveur le verre de champagne qu'il nous offrit après, que nous avalâmes d'un coup, dans la hâte que nous avions de nous séparer.

Je n'ai pas parlé de Louis dont le numéro rappelait ce qu'Anne m'avait raconté, qu'elle tenait elle-même d'amis âgés, qu'elle avait connus au temps de sa jeunesse. Lanterne magique et premiers pas du cinéma muet. Ce numéro a le charme d'une fleur de nostalgie poussée sur du fumier : jeu d'ombres et de lumières où, grâce à ses mains et ses doigts agiles, manipulant des silhouettes découpées dans des cartons, il projette sur un écran une série de personnages fabuleux, raconte des histoires poétiques et tendres d'enfants et d'oiseaux ou d'amours baroques joliment érotiques, au son aigrelet d'un orgue de Barbarie. Louis est un monsieur (j'écris *monsieur*, car c'en est un) d'un certain âge, petit, très mince, des cheveux gris, de beaux yeux clairs, toujours vêtu avec soin, aimable mais secret. Il arrive peu de temps avant son numéro qu'il installe pendant que Pat, devant le rideau, débite des gaudrioles, il part dès qu'il en a terminé avec ses enchantements pour courir vers d'autres cabarets. Un jour que je ne remplaçais pas Youki, je suis allée l'attendre à la sortie pour lui dire combien je l'admirais. Il m'a souri, m'a remerciée, s'est fondu dans la nuit. J'étais triste, j'aurais souhaité que nous devenions amis. Au fil des mois, je me suis habituée à la vulgarité de La Cage de Vénus. Je participe aux petites fêtes que nous nous y donnons entre prétendues *copines,* parfois avec Mine qui vient alors nous retrouver dans notre loge commune avec Pat et une bouteille de champagne. Et puis ça me fait des sous ! Voilà ce que je n'ai jamais pu avouer ni à Anne ni à ma grand-mère : je me suis habituée à ça. Aussi aux conversations des filles sur les fringues, les *people,* les gosses, l'argent, les maladies, les mecs, les propos égrillards des uns et des autres, aux rivalités qui minent souterrainement le groupe, parfois explosent – toujours pour une mauvaise raison ; et ça crie, et ça chiale, et ça se rabiboche à la va-comme-je-te-pousse, sous la férule de Mine qui nous menace de nous mettre toutes à la porte : « Des filles bien mieux que vous, j'en ai tout un carnet d'attente... Des étudiantes, oui, mesdemoiselles, des étudiantes ! Belles, intelligentes, bien élevées, de l'allure, de la souplesse, du sex-appeal, qui n'attendent qu'une chose : votre place, pour payer leurs études ! » À l'entendre, elle nous garde par pitié. Au vrai, parce qu'elle a barre sur nous, à peu de frais.

Ce n'était donc pas aujourd'hui que j'allais me lancer dans le ménage des bouquins. Rien d'intéressant dans sa boîte aux lettres que j'avais relevée au passage : les revues habituelles, toutes littéraires. Sur le répondeur du téléphone, le message d'une amie écrivaine, lui parlant des éditeurs qui refusaient ses textes : « Avant de te prévenir courtoisement qu'à leur grand regret ils ne peuvent, etc., ils t'assurent qu'ils ont examiné ton tapuscrit avec grande attention. On les imagine alors penchés sur tes pages, l'œil vissé au microscope. On ne leur demande pas ça, mais de le lire. Le mot a disparu de leur vocabulaire. La chose aussi, sans aucun doute. »

Hier soir, en sortant de La Cage de Vénus, comme presque chaque fois que j'y travaille, j'ai trouvé Baboul dans son coin de porche du passage des Abbesses terminant son litre. Et, comme d'habitude, il m'a demandé une clope et j'ai fumé la mienne avec lui. Tout le quartier le connaît depuis toujours. Comme dit ma grand-mère : « Ce n'est pas un SDF, c'est un clochard. » Dans la journée, il se perd dans la foule des touristes de la place du Tertre et du Sacré-Cœur, faisant la manche de façon courtoise, récitant des poèmes de Verlaine ou de Prévert, poussant parfois la chansonnette. Il raconte – mais est-ce vrai ? – qu'autrefois il était prof de français, avait publié un ouvrage de cinq mille pages en vers classiques, sorte d'épopée des temps moderne. Ce serait son amour de la poésie qui l'aurait poussé à la rue. « Et celui du gros rouge », disait Anne qui déjeunait deux ou trois fois par an avec lui dans un bistrot. Elle avait cherché en vain ce livre dont il lui avait d'ailleurs donné des titres différents, lui avait proposé son aide pour lui trouver un hébergement convenable, mais il avait refusé car, pour avoir goûté aux asiles de nuit, il ne voulait pas y retourner. Il aimait trop la bouteille et sa liberté de pensée pour loger chez les bonnes sœurs. « Une nuit d'hiver, on le retrouvera mort sous un porche, disait Anne, et on se sentira tous coupables. Comme beaucoup de ceux qui *font la rue*, il n'a pas pu s'adapter au monde des adultes, à notre monde. Autrefois, il aurait peut-être vécu à la campagne, de son jardin et de maraudes, aurait chanté pour les mariés et pour les morts ou il serait devenu chemineau, allant de ferme en ferme, prêtant la main pour la soupe et un lit de paille dans la grange. C'est la civilisation urbaine qui a multiplié la misère, du moins une certaine misère inhumaine. » Oui, elle disait ça, Anne, elle qui était si parisienne et se moquait de ceux qui voulaient reconstruire les villes à la campagne ! Enfin, comme chacun, elle n'était pas à une contradiction près. Il faudra que je change désormais d'itinéraire car il m'a demandé de ses nouvelles et, je ne sais pourquoi, mentir à ce vieil homme au regard enfantin dans un visage de terre craquelée où une barbe rare met des touffes grises me gêne.

Le matin j'avais croisé Bruno sur le marché où je faisais les courses des Rivoire, rentrés de vacances (le père, Édouard, médecin à la sécu, la femme, Blandine, secrétaire dans un cabinet d'avocats, le mouflet, Édouard, six ans). Jeune couple *branché*, comme beaucoup, nouvellement installé dans le quartier des Abbesses. Le peu que je les vois : amabilité hautaine. Leur appartement tient du musée d'art contemporain, du magasin de jouets et de fripes, du bistrot. Côté cuisine, salle de bains, sanitaires, ce serait plutôt l'écurie. Parfois, en arrivant, je m'assieds, j'examine l'ensemble d'un œil torve, me demandant par où je vais commencer... Ils habitent, on peut s'en douter, un *loft*. Bruno a pris un de mes paniers : « Tu fais ton deuil ou tu me fais la gueule ? » Je lui ai répondu que j'avais de la peine et que j'étais inquiète. « Viens prendre un verre ; on pourra causer. » Le verre, c'était chez lui, moi sur le lit, lui assit par terre, la bouteille entre nous deux. Je lui ai demandé qu'est-ce que c'était que ses ennuis avec la police. Il a pris un air blasé :

— La routine ! Tu les connais, ils ont une obsession : la drogue !

— Tu en as ?

— Tu le sais : pour ma consommation, ma toute petite consommation perso. Aussi la tienne, quand tu me fais l'honneur de ta visite.

— Aussi pour tes potes !

— Si peu ! On n'est pas des drogués.

— Tu l'achètes bien à quelqu'un...

— Petit trafic entre amis, rien de méchant.

— Mais qui peut te conduire au poste !

— Arrête ! Tu me gonfles... Ça t'aurait servi à quoi d'aller prévenir la police ? Ils auraient fouiné chez ta vieille, chez toi, chez moi. Interrogatoires, soupçons, garde à vue, peut-être. Et pour trouver quoi ?

— Qui l'avait tuée et pourquoi !

— Ça l'aurait fait revenir à la vie ?

— Non, mais j'aurais été plus tranquille.

— Tu parles ! Ils auraient découvert que tu travailles au noir chez certains patrons et à La Cage de Vénus. Ils auraient écouté les ragots du quartier sur mon compte, j'aurais été surveillé, comme toi, comme Mine, comme ta sainte femme de grand-mère, peut-être. Tu foutais tout le monde dans la merde, pourquoi ? Pour savoir ! D'accord, de fréquenter une écrivaine ça t'a donné des réactions d'intello. Ça ne me déplaît pas. Ça fait partie de ton charme, *mais point trop n'en faut* comme tu dirais à l'imitation d'Anne.

C'était la première fois que, depuis que nous nous connaissions, il prononçait son prénom. Il l'avait fait d'un ton si délicat, presque tremblé, que j'en fus émue et me laissai glisser près de lui quand il me saisit aux chevilles pour me tirer lentement vers le tapis. Ce ne fut pas comme « avant ». Un écœurement.

J'ai trouvé une lettre dans sa boîte. Mon premier geste a été de la poser dans la corbeille de son bureau, ce que je fais quand elle est absente. Je suis restée un grand moment à regarder son nom, son adresse, écrits d'une écriture élégante qu'il m'a semblé reconnaître pour l'avoir déjà vue sur des lettres que je lui montais, puis j'ai retourné l'enveloppe où l'expéditeur avait indiqué son nom : François Delaville. Seulement son nom. L'inconnu qu'il fallait prévenir en cas de… J'ai fini par l'ouvrir.

Ma chère Grande Sœur,

Depuis mon retour du Crotoy, je ne t'ai donné aucun signe de vie. Je ne me suis même pas excusé de t'avoir posé un lapin avant mon départ. Parfois, je suis vraiment ignoble. Mais tu me connais. Et mes humeurs noires. Tu n'y es pour rien : devant la mer je suis entré dans une longue période de ruminations que, le soir, à l'hôtel, je soignais au rouge. Rentré : derniers temps des vacances… Il a fait chaud, enfin ! Promenades rituelles au bord de l'Oise, puis dans les jardins de l'Hôtel de Ville où je surveille les grappes de raisins, goûtant au passage un grain, puis un autre. Chez moi, j'ai « lisoté » un bouquin acheté depuis longtemps et que j'ouvre au hasard, toujours avec plaisir : Dictionnaire égoïste de la Littérature française de Charles Dantzig. Écoute ça : « Dumas est très sympathique. C'est bien le moins quand on n'est pas très honnête. » Ou : « Les journaux intimes sont souvent des crises d'urticaire, et figent dans une espèce d'éternité ce qui n'a été qu'un moment. » J'ai retrouvé dans son développement sur le journal intime beaucoup de choses que tu m'as dites… Heureusement que j'ai abandonné le mien ! Les lettres que je t'envoie – enfin, quand je t'écris ! – m'en tiennent lieu. Je te sais indulgente à mes rêvasseries, toujours les mêmes, et mes angoisses concernant le temps perdu. J'ai beaucoup dormi de ces demi-sommeils qui sont pour moi un plaisir fugace mais n'en est-il pas de même de tous les plaisirs ?

Que te dire encore ? Notre amitié aura été un de mes plus chers bonheurs. Il y a si longtemps que nous nous connaissons, partageant les mêmes passions pour quelques écrivains et aussi les mêmes dégoûts pour beaucoup d'autres, cultivant certaines valeurs (mot aujourd'hui obscène) que nous avons acquises dans notre enfance. Il faut nous y résigner : nous resterons des paysans bien que ne pouvant guère nous passer du pavé des villes.

Bonne semaine, chère Grande Sœur. Moi je vais bientôt endosser mon costume de Monsieur Loyal – ou de clown ! – pour parler littérature devant une classe de gamins qui s'en foutent comme de leur premier chewing-gum.

Je t'embrasse bien tendrement.

François

Panique. Contrairement à ce que je pensais, elle avait au moins un proche qui allait s'inquiéter de son silence, peut-être venir ici, prévenir la police. J'avais été stupide d'écouter Bruno. Ne valait-il pas mieux prendre les devants ? Il ne me faudrait qu'un peu de courage…

Naturellement, je n'ai pas pu. Bloquée, la peur au ventre. Ce matin, sur le répondeur, une voix : « C'est François. Bon sang, qu'est-ce que tu fous ? Tu sais que je déteste parler à ces machines. J'ai téléphoné plusieurs fois sans laisser de message. Appelle-moi. » J'ai essayé de retrouver mon sang-froid, de vaincre ma gêne : il me fallait plonger dans la vie d'Anne.

Dans un tiroir de son bureau, son carnet d'adresses, beaucoup mieux garni que je ne pouvais l'imaginer. J'ai vidé un à un les tiroirs des meubles de son bureau et de sa chambre, à la recherche de je ne sais quel indice, pour employer les termes des séries policières. Passons sur des chemises qui ne contenaient que des papiers administratifs. Au vrai, j'étais lamentable. Je m'attardais sur des riens : un stylo que je lui avais offert, quand j'étais gamine, qui ne marchait plus, mais qu'elle avait gardé, une liste de courses, un programme de spectacles, deux petits ours en peluche attachés l'un à l'autre, une épingle à nourrice, des crayons de couleur, de vieilles enveloppes, un collier brisé, un chapelet, des timbres de Tunisie, une vieille photo déchirée… Devant ce bric-à-brac dérisoire que j'avais étalé sur la table de son bureau, je me mis à pleurer : c'était ça, une vie ! Machinalement, je me suis mise à rassembler les morceaux épars de la photo et j'ai essayé de la reconstituer. Il en manquait, mais, dans un paysage de campagne, je voyais se détacher la silhouette élégante d'un homme d'une cinquantaine d'années en chemise et pantalon blanc. Impossible de voir son visage que les déchirures avaient fait disparaître. *Déchirure*, ce mot, je ne puis l'écrire sans que remonte le souvenir d'un des moments précieux que j'ai vécus avec Anne. J'avais douze ans peut-être et, dans la pièce où je me tiens aujourd'hui même, je lisais à haute voix une phrase qui se terminait par ce mot. Elle me demanda de ne pas poursuivre ma lecture, de le répéter et de lui dire ce que je ressentais. À vrai dire, pas grand-chose… « Redis-le encore, encore, encore, yeux fermés, jusqu'à ce que tu entendes le bruit de l'étoffe qui craque ou que tu sentes en toi une douleur délicieuse. » Je fis l'expérience et, enfin, le miracle se produisit. Comme je la regardais, étonnée : « Les mots, il faut les faire rouler dans sa bouche, ses oreilles pour qu'ils donnent tout leur jus, pour qu'ils nous imprègnent de leur existence. Ils ne sont pas là seulement pour dire. Ils créent, ils recréent. » Qu'avait-il été pour elle, cet homme, pour l'amener à cette déchirure ? Un homme qu'elle avait aimé puis détesté au point de détruire son image ? Image qu'elle n'avait pu néanmoins mettre aux ordures, qu'elle préférait conserver, en miettes, sans regard, comme pour fixer l'instant où l'on *ne peut plus se voir* ? J'ai divagué un grand moment devant cet inconnu puis me suis dit qu'il fallait aller plus loin dans mon enquête, ouvrir les dossiers, les classeurs, les albums de photos, faire le ménage de tous les placards, coins et recoins où elle avait pu dissimuler des fragments de son existence. Et si ce François, son correspondant et l'homme de la photo étaient le même ?

Au courrier, parmi d'autres sans importance, des cartes, surtout d'amis partis en vacances. Deux lettres de François Delaville sont arrivées ces derniers jours, dont la dernière m'a rassurée. Ce n'était pas avec cet étrange personnage que je risquais d'avoir des ennuis.

La première :

18 septembre

Chère Grande Sœur,

Je finis par me dire, pour me rassurer, que ton téléphone est en panne et que les postes montmartroises sont en grève... Ou que, comme cela t'arrive – il est vrai de moins en moins souvent –, tu t'es payé une petite fugue et que je vais recevoir un de ces jours une carte d'Italie, de Hollande ou de je ne sais où. Un coup de cœur pour une ville dont on t'aura parlé, pour un bel étranger rencontré dans un bar de ton village, ou, ce qui me ferait un infini plaisir, une idée de roman venue te visiter pour laquelle tu serais partie en repérage, afin de l'enraciner dans le riche terreau de ton regard. Je regrette tant que tu n'écrives plus de ces sinueuses histoires qui, pour d'autres, peuvent paraître le fruit de ton imaginaire, où je reconnais ton sang.

La rentrée. Comme d'habitude ma réputation de « peau de vache » me rend de grands services. Aussi ma tenue : pantalon (et pas jeans), chemise blanche, cravate, langage châtié. Et comme d'habitude, je les traite fermement mais avec courtoisie. Les jeunes profs qui arrivent dans leur classe comme au sortir du lit et adoptent le style copain-copain pour se faire bien voir font une grave erreur de conduite. Pas étonnant qu'on les retrouve dans le fossé.

Il y a huit jours, il m'en est arrivé une bien bonne. À dix heures, j'entre dans la classe des grands. Le bordel ! D'instinct, je me suis assis et calmement, prenant ma voix de basse, je me suis mis à leur parler en employant l'imparfait du subjonctif. Silence. Sidération. Puis l'un a dit : « En quoi vous nous causez ? — Je vous cause comme on le fait à l'Académie française. » On aurait entendu voler une cocotte en papier. (Remarque : ils ne savent plus en faire !) J'explique la création de cette docte académie, Richelieu et tout le bazar. Ça les a passionnés. Depuis, quand ils ont bien travaillé, ils me demandent en récompense de leur parler comme à l'Académie française ! Morale de l'histoire : pour les sauvageons, comme disait l'autre, le beau langage est la meilleure des corrections. Voilà, j'en suis sûr, qui va te ravir.

J'attends impatiemment de tes nouvelles et t'embrasse mille fois.

La deuxième :

5 octobre

Anne, ma chère Anne,

Je ne vois qu'une raison à ton silence persistant. Tu es fâchée parce que je ne suis pas venu, début août, comme nous en avions convenu, passer une journée avec toi et que je t'ai laissée sans nouvelles un bon bout de temps. Te vengerais-tu en me rendant la pareille ? Ce n'est pas ton style. Je le sais car ce n'est pas la première fois que je me transforme en épouvantail : chapeau haut de forme, habit, mais rien dans ces chiffes qui flottent au vent. Chaque fois que je tombe dans ces états pénibles de spleen, comme disait Baudelaire. Car enfin, malade, tu m'aurais prévenu, morte, je ne peux le croire. Pour moi, tu es immortelle. J'allais écrire : je ne puis croire que tu me fasses ça ! Et puis, je l'aurai su : cœur et tripes retournées.

Pardonne-moi, vraiment. Tu sais combien je t'aime.

Mais, bien sûr, je ne t'importunerai plus ni par téléphone ni par lettre. J'attends un signe de toi.

François

Il devait venir la voir début août. Le jour où on l'a tuée ? Il faudrait que je retrouve, si elle ne les a pas détruites, d'autres lettres de lui, que je comprenne quelle était la véritable nature de leur relation, que je voie si cette tendre et longue amitié, que semble révéler celles que j'ai sous les yeux, ne recèle pas des haines. Me voilà partie dans des territoires intimes où je ne suis guère à l'aise, employant des mots – *fallacieux, recéler* – qu'elle m'a appris, certes, mais que je n'ai pas l'habitude d'employer, qui me sont pourtant venus facilement à l'esprit comme si elle était là, derrière moi, pour me les dicter… Et puis je lis les journaux, ce que je ne faisais pas avant le drame, non pour la politique à laquelle *je ne comprends goutte* (encore une expression d'elle qui m'amusait, surtout quand elle m'expliqua que c'était un archaïsme littéraire, ce qui me rendit la chose encore plus obscure…) mais pour me jeter sur les faits divers, tremblant d'y découvrir qu'un corps avait été découvert dans un étang, près d'un barrage ou rejeté sur une plage. Je ne parviens pas à l'imaginer cadavre ailleurs que dans l'eau.

Résumons : dans les tiroirs de son bureau et de la vieille commode de sa chambre, je n'ai trouvé que des chemises contenant des papiers administratifs – banque, impôts, électricité, etc. – et de nombreux agendas des années passées où elle avait noté des rendez-vous, des dates de voyages, des aphorismes, rien qui ne puisse m'éclairer. En feuilletant à nouveau les agendas, je me suis pourtant aperçue d'une chose : elle recevait souvent des visiteurs l'après-midi dont elle ne me parlait jamais, et organisait des dîners chez elle le samedi ou le dimanche dont je ne relevais aucune trace. Quand j'arrivais le lundi matin, la vaisselle était rangée, la cuisine passée à la serpillière, la salle de séjour à l'aspirateur. Elle menait donc une vie que je ne connaissais pas. C'est idiot, mais ça me fait de la peine.

Une chose me reste à faire : ouvrir le grand placard de son bureau où, je le sais, elle rangeait des dossiers. Dossiers de travail, disait-elle. Voir ! Aujourd'hui, le courage me manque.

Autre motif d'inquiétude : depuis quelques jours ma grand-mère me harcèle. « Tu n'as toujours pas de nouvelles de notre romancière ? Ce n'est pas normal. Quand elle part, elle nous envoie toujours une belle carte postale de là où elle est. Cette fois-ci, rien. Ça fait combien de temps qu'elle est partie ? Plus d'un mois... Et s'il lui était arrivé quelque chose ? Il faut faire des recherches, prévenir la police. » J'essaie de plaisanter : « On aurait bonne mine ! On leur dirait quoi ? On vient vous voir parce que notre patronne ne nous donne pas de nouvelles de ses vacances en Égypte ! » Ça ne la déride pas. Elle bougonne contre moi, contre la vie, contre ces pays lointains dont elle sait bien qu'ils sont, aujourd'hui, pleins de criminels. Elle me demande si, mon travail, ça va. Je la rassure. Entre les bureaux d'une maison médicale que je fais certains matins de six à neuf heures, l'appartement d'une instit, celui des Bobos, celui d'un archiviste, j'y arrive. Elle me demande : « Anne, elle t'a fait un ou deux chèques d'avance, je suppose ? » Je réponds « oui, oui », enfilant un autre sujet. Abréger mes visites ? Les faire plus rares ? Je la connais : elle va m'attendre dans l'escalier et ce sera LA question : « Alors ? » Je finirais par ne plus savoir que dire.

Dure matinée. La voisine de palier, Isolde Voilin, est revenue de sa maison de campagne. M'entendant monter, elle a ouvert sa porte en pyjama, frêle et vieille petite chose. M'a interpellée :

— Votre patronne est donc absente ?

J'ai débité mes mensonges.

— Ah bon ! dit-elle. C'est son expression favorite, prononcée, fronçant un nez court et plat, ton et mine de roquet. Anne prétendait qu'il ne lui manquait qu'un nœud-nœud dans sa tignasse, d'un roux incertain, courte et frisée, pour être le sosie de ces petits gueulards.

— Quand je lui ai téléphoné il y a quelque temps de ma campagne, continua-t-elle, elle ne m'a pas dit qu'elle partait en août !

— Ça l'a prise, comme ça.

— Ah, bon ! C'est que je suis seule dans la maison ! Les propriétaires du bas ne reviendront pas. L'une décédée dans sa campagne. L'autre en Ehpad ! Et les voisines de la rue : à la fenêtre pour épier, mais chacun chez soi ! Le quartier est peureux !

— Pas tant que ça, Madame. Et pendant l'absence d'Anne Dauvent, je passerai souvent.

Elle a fermé sa porte derrière elle d'un claquement sec. Anne se croyait obligée de lui rendre parfois une visite de politesse car elle était veuve d'un poète estimable. « Une corvée, soupirait-elle. Comment ce pauvre Victor a-t-il pu la supporter ? Quand il était vivant, elle se contentait de lui servir son admiration avec son petit-déjeuner ; le reste du temps, devant les amis, aimable servante, bouche close. Depuis qu'il est mort, elle emmerde tout le monde, ses éditeurs, ses proches, avec son *grand homme* qu'elle évoque de façon ridicule, surtout quand elle cite des extraits de ses poèmes, toujours les mêmes, réduisant son œuvre à des jappements. » Je lui faisais remarquer qu'il n'était pas charitable de se moquer ainsi d'une femme si fidèlement gardienne des écrits de son défunt mari. Cela la faisait rire.

— Ne sois pas naïve ! Toute leur vie à l'ombre de l'Artiste (elle insistait sur le « a »), ces veuves se croient soudain investies d'un rôle de premier plan, confiant qu'elles avaient été leur inspiratrice, leur correctrice, leur attachée de presse, se vantant parfois d'avoir mis la main à la pâte.

— Mais c'est peut-être vrai !

— Rarissime. Tu vois notre *Ahbon* écrire autre chose que : « Ils sont beaux, les petits oiseaux, quand ils lissent leurs plumes, aux lueurs de la Lune ! » Sans compter que pour certaines, l'œuvre de l'Artiste, c'est leur compte en banque, et qu'il s'agit pour elles de le faire fructifier. Pauvres éditeurs du défunt !

— Ce n'est pas votre habitude d'être de leur côté...

— Certes. Ce sont de grands coquins ! Les veuves, leur enfer sur terre !

Anne, parfois, elle était méchante.

Ceci dit, apprendre que je n'avais plus à me soucier du voisinage proche me rendit, un instant, plus légère. À *Ahbon,* je pouvais toujours raconter des histoires !

Sur le répondeur, parmi des appels venant de femmes qui précisent qu'elles rappelleront, une voix d'homme, très grave : « Bonjour, Anne. C'est Matthieu. Je suis de retour de vacances depuis hier. Mon premier appel est pour vous. J'ai hâte de vous voir. Vous pouvez me joindre jusqu'à midi. Je vous embrasse. » De toute évidence, un ami. Trouver son adresse dans l'agenda d'Anne m'avancerait à quoi ? J'ai laissé tomber, préférant m'intéresser au contenu du placard de son bureau. Avant, j'ai débranché le téléphone. Toutes ces voix qui la réclament, ça me vrille l'estomac. C'est comme les lettres que je relève dans sa boîte, je ne les ouvre plus, je les déchire et les brûle une à une dans l'évier. Elle que je croyais seule ! Que de gens autour d'elle, qui me cernent !

Du plafond au plancher de ce placard, des dossiers. En bas, ils contiennent des archives bien étiquetées : manuscrits, documents et notes de travail. Plus haut sur les rayons, des dossiers au dos desquels des prénoms sont inscrits. Des correspondances, parfois fort anciennes, la plupart avec des *gensdelettres.* Certaines s'arrêtent d'un coup. On devine que la mort est passée.

Alors que je cherchais des lettres que lui aurait adressées le fameux François et, éventuellement, celles de ce Matthieu, je tombai sur une sorte de cahier intitulé *Lettre à l'Inconnu,* que j'ai d'abord parcouru rapidement. Je n'ai pas compris le tiers du quart de ce qu'elle y a écrit sur la philosophie et la religion, mais ce cahier m'a révélé des morceaux de son enfance qui m'ont bien étonnée. Au vrai, nous n'en avions jamais parlé.

Je me rends compte, en avançant dans ma traque, que tout au long de ces années, nous n'avons pas abordé de sujets essentiels. Elle savait tout de moi, ou presque, La Cage de Vénus exceptée. Je suis triste – vexée aussi – de n'avoir su qui elle était vraiment. Mon manque de curiosité ? Son manque de confiance ? Étions-nous trop proches, comme mère et fille qui, si j'en crois mes copines, ne peuvent pas tout se dire ?

J'en viens à me demander si, depuis qu'elle est morte, je ne me suis pas glissée en elle ou elle en moi... Mon vœu le plus secret : devenir Elle. Cette idée me donne une bouffée de joie pleine de honte. Je me sens coupée en deux : d'une part celle qui fait les ménages et se tortille à La Cage de Vénus, de l'autre celle qui réfléchit, enquête, comme Anne.

Ridicule, je le sais, mais l'attrait est si fort... Oui, je me coule en elle. Je me coule dans les mots. Elle répétait souvent une phrase de Cocteau : « Le roman est un mensonge qui dit la vérité. » Et la commentait. Je dirais plutôt : « Le roman est une vérité faite de mensonges. »

III

Le manuscrit d'Anne Dauvent était toujours sur le bureau de Robert Masson. À plusieurs reprises, il l'avait feuilleté, puis s'était trouvé une occupation urgente pour passer à autre chose. La frousse. La frousse, car, ayant vite compris que le roman était autobiographique – l'héroïne était romancière et elle y évoquait avec humour le *milieu* – il craignait d'y trouver son portrait ou le dévoilement de secrets « maison » qu'il avait eu la faiblesse de lui confier, ce qui les amènerait à une fâcherie certaine. À quelles acrobaties intellectuelles ne devrait-il pas se livrer pour qu'elle n'aille pas porter le manuscrit ailleurs ? Plus d'un mois qu'il l'avait reçu et pas de nouvelles d'Anne. Agacé, il appela son numéro, ce matin-là, les jours suivants. Plus de répondeur. Il finit par tomber sur la voix enfantine déjà entendue. S'étant présenté, il demanda des nouvelles d'Anne. Il y eut un silence puis, sur un ton embarrassé :

— Elle n'est toujours pas rentrée.

— Elle ne va pas tarder, je suppose. Elle vous a dit quand ?

— Non, non. Je ne sais pas.

— Mais elle est où, exactement ?

— Je vous l'ai dit : en Égypte, au Caire.

— Elle vous a bien appelée depuis que nous nous sommes parlé ! Vous lui avez dit que j'avais téléphoné ?

— Non, j'ai oublié. Ça a été rapide. Elle m'a dit qu'elle allait bien, qu'il faisait beau. C'est tout.

Il prit sa voix de patron d'édition :

— La prochaine fois, faites-lui savoir qu'elle doit m'appeler. D'urgence !

— Oui, monsieur, dit sagement la petite voix avant de raccrocher.

Il tira le manuscrit d'Anne vers lui, l'ouvrit, comme s'il allait y trouver une réponse à cette question : pourquoi Anne n'avait-elle pas pris rendez-vous avec lui avant de partir ? Le téléphone sonna : c'était Florence Bignon qui s'inquiétait. On était à un mois du prix Les Femmes. Avait-elle encore ses chances ? Avait-il pensé à parler de son livre à untel qui avait, disait-on, ses entrées – enfin, ses entrées de nuit chez unetelle qui... ? L'entretien fut écourté, la secrétaire de Robert Masson ayant passé la tête à la porte : Francis Roussinier, le critique redouté, attendait d'être reçu.

Il disait détester ces temps d'avant les prix où il fallait, lui et sa troupe de conseillers, dont Monique, plaire à tout le monde, promettre à beaucoup, mentir souvent, se livrer à des manœuvres qui, il le savait, les faisaient surnommer « les mafiosi ». Et pas seulement par le patron du restaurant italien où ils mettaient au point leur plan de campagne auprès de certains membres de jury... Au vrai, ces temps de fièvre, où il lançait deux bêtes dans une course, mettaient encore du piment dans une vie qui, au fil des ans, finissait par ronronner. « Oui, toujours deux, au moins, lui avait appris son père. Il peut y avoir un pépin au dernier moment pour l'un ou l'autre ! L'un peut se casser la figure, avoir parmi les membres du jury un ou une ennemie que tu ignores, faire une gaffe. Bien entendu, tu laisses croire à chacun qu'il est le seul en piste et que tu mets tous tes efforts sur lui. Et puis, un homme, une femme, ce n'est pas mal. La parité, je m'en fous, mais les femmes sont à la mode. Ne pas les négliger ! Bien sûr, pour les membres de Les Femmes, qui jouent à fond la caisse le féminisme, n'oublie pas qu'en dépit de leurs propos, les petits jeunes gens ont le plus souvent leur suffrage. Ils ont un talent, du piquant, de l'esprit, de la conversation, savent leur faire goûter le dernier bistrot, film, couturier, chanteur ou orchestre à la mode, la dernière boutique, pièce, exposition où l'on doit courir, tout en pratiquant un zeste de cette galanterie qui sent la tradition ! » Moins bon stratège que son père, il sortait de cette période épuisé, surtout quand aucun livre n'avait remporté de prix…

C'est en raison de ce dégoût qu'il avait successivement embauché Patrick Bélier, puis, récemment, cette Monique Nyver qui prenait de plus en plus de place dans la Maison.

Avant d'enfiler son pardessus pour rentrer chez lui où l'attendait un « dîner », il regarda une fois encore le manuscrit d'Anne, le prit pour le glisser dans sa serviette, y renonça. Il n'aurait ni le temps ni l'envie de le lire. Autre raison qu'il ne s'avouait pas : il ne souhaitait pas qu'Hélène tombe dessus. Elle était discrète, mais mieux valait ne pas tenter le diable.

Hélène avait invité ce soir-là un jeune auteur congolais dont on pensait que, dans un an ou deux, le temps qu'il mûrisse dans les serres des Lettres, il serait prêt pour affronter les jurés du Monomotapa. Ce candidat possible appartenait à un confrère, mais on pouvait discrètement lui montrer le charme des soirées chez Masson. Hélène s'appliquait à seconder son mari en mêlant à leur table, où les mets étaient simples – « Je fais des repas *bonnefemme* », disait-elle, feignant d'oublier qu'ils étaient concoctés par sa cuisinière berrichonne –, les vins et au moins un auteur prestigieux. Il y en avait deux ou trois autres, des jeunots, venus d'horizon divers, des critiques, quelque peintre, chanteur ou cinéaste *dans le vent*. Avec ce jeune écrivain, ce soir-là, une vieille romancière qui n'écrivait plus depuis longtemps, mais avait son couvert partout où l'on se régalait de ses sous-entendus érotico-littéraires. Elle aurait entretenu des liaisons cachées avec Aragon et Picasso : après sa mort, on se battrait pour publier ses mémoires ! Il y aurait deux critiques, généralement opposés, du « Masque et la Plume », pour mettre de l'animation, un antiquaire spécialisé dans les poupées anciennes qui venait de publier chez Masson un livre délicieux sur son métier, un couple de cinéastes.

Comme d'habitude, le dîner fut réussi. La vieille romancière mit la main sur le jeune Congolais. Grâce à elle, il allait connaître le Tout-Paris littéraire. Problème : Robert savait que, pour qu'éducation faite, elle l'amène, pieds et poings liés, chez Masson, il lui faudrait faire un « petit cadeau », comme elle disait. Et que le *petit* pèserait lourd !

Se déshabillant :

— Cette année, dit-il à Hélène qui se démaquillait, la saison va nous coûter bonbon ! Francis Roussinier me demande une somme déraisonnable pour une préface au livre de Jean Hubert : *La Teigne !* Si la Bignon apprend que je la lui octroie contre un bon article qu'il ferait sur *Les Chemins Perdus* de Paul Dejoube, que je pousse discrètement, et plus qu'elle, qui impressionnerait ces Dames, pour leur prix, elle me tue !

Hélène haussa les épaules :

— Tu dis tous les ans la même chose et te voilà toujours bien en vie sans en être, ni moi, réduit à la soupe populaire ! Cette année, tu ouvres ta bourse pour le prix Les Femmes et sans doute pour deux ou trois autres moins courus, mais tu ne t'es pas mis en piste pour le Monomotapa ! À ce propos, il est mignon, ton Congolais. Et si bien élevé ! Tu verras, c'est lui qui va avoir Les Femmes cette année. Plus tard le Monomotapa ? Difficile ! Ne va pas le faire mignoter par la vieille contre écus sonnants pour un futur illusoire.

— Merci pour le réconfort !

Elle se leva, le prit dans ses bras :

— Tu te rattraperas l'année prochaine, chéri, avec, je ne sais pas, le prix des Journalistes ! N'as-tu pas ton Frijolle annuel pour mettre du beurre dans les épinards ? Avec les traductions, il se vendra mieux qu'un Les Femmes.

— Certes, certes, mais ce n'est pas glorieux !

— La gloire est un oiseau de passage.

Ils se couchèrent. Robert s'endormit rapidement, bénissant intérieurement Hélène. Elle avait le don des formules qui détournaient son angoisse habituelle – ne pas être à la hauteur. Que son père vieillissant avait bien fait de la prendre comme secrétaire à vingt ans ! Il avait certainement dû lui mettre la main aux fesses, mais paix à son âme.

IV

L'éditeur d'Anne, il m'embête ! D'abord une voix de bon papa, puis celle d'un patron du Cac 40 ! (Je ne sais pas trop ce que cela veut dire, mais je crois qu'on désigne ainsi les gros riches.) Je n'aurais pas dû porter ce manuscrit à sa maison d'édition ! Le supprimer, c'était supprimer Anne une deuxième fois... J'ai fait ça pour elle, mais c'était une bêtise.

« Une voix de bon papa », en vrai, je ne sais pas ce que c'est. Anne, elle a eu de la chance d'avoir un père. Elle m'en a parlé, une ou deux fois. Un bel homme, disait-elle. Un peu lointain. La mère entre eux deux. Mort jeune. Elle le regrettait, disait : « Je ne l'ai pas connu ! » Moi, c'est vers les quatre ans que je m'en suis inquiétée auprès de ma mère.

— Pourquoi, moi, j'ai pas de papa ?

Sa réponse a été sèche :

— Tu n'en as pas besoin.

C'était sa réponse habituelle quand je lui demandais un vêtement, un jouet, une gourmandise dont j'avais envie. Et elle ajoutait : « C'est trop cher. »

— Un père aussi, c'est trop cher ? dis-je.

— Oui.

À son œil, où je devinais une lueur mauvaise et pourtant amusée, j'ai compris qu'elle ne me dirait jamais la vérité. J'ai donc entrepris une enquête auprès de mes petites copines, assez nombreuses, qui elles non plus n'en avaient pas. C'est devenu très vite si compliqué que j'ai fini par abandonner l'espoir de me classer dans l'une ou l'autre des catégories des « filles sans père ». J'ai oublié. J'ai cru oublier. À huit ans, la question m'a de nouveau tarabustée car j'avais un amoureux, Bernard, qui lui en avait un, drôlement balaise, qui venait le chercher à l'école. J'avoue : j'aimais bien Bernard, mais c'est pour son père que j'avais le cœur battant. Quand il prenait son gamin dans ses bras, son grand corps l'enveloppant comme un duvet, je bavais de jalousie. Après la mort de ma mère, avec ma grand-mère, j'ai remis ça.

— Mon père, j'en ai bien eu un. Où il est ?

— Au diable !

J'ai fondu en larmes. Elle s'est raidie, m'a tourné le dos pour s'occuper à quelque tâche ménagère, puis, comme je pleurais toujours, mais à petit bruit, elle a soupiré, s'est assise, m'a attirée contre elle.

— Pas de père, plus de mère. Je comprends bien. Je fais ce que je peux, mais je ne te suffis pas.

— Si, mais…

— Je t'expliquerai plus tard. Il habite loin, très loin, avec sa famille. Enfin, je suppose, car on n'a pas de nouvelles de lui depuis que tu es bébé.

— Il ne m'aimait pas ? C'est pour ça ?

— Mais non, Bécassoune. C'est ta mère qu'il n'aimait pas. Enfin pas vraiment. Mouche-toi et n'y pense plus.

— Tu m'expliqueras tout quand ?

— Quand tu pourras comprendre.

— Mais je peux comprendre !

— Sûrement pas, car moi-même je ne saurais pas bien t'expliquer.

— Alors, quand tu sauras m'expliquer ?

— Sans doute jamais.

Et elle m'a repoussée.

Pour mes quinze ans, je tentai une nouvelle et dernière offensive.

— Il était comment, mon père ? Maman n'avait pas de photos, un souvenir ?

— Toi. C'est pas le meilleur des souvenirs ? D'ailleurs tu lui ressembles. Physiquement. Pour le reste, j'espère que non. C'était un bon à rien qu'à emberlificoter les filles.

— Il faisait quel métier ?

— Il bricolait par-ci par-là. Parce qu'il habitait Montmartre, il se prenait pour un peintre !

— On n'a pas un tableau de lui ?

— Des dessins. J'ai tout brûlé.

— Mais maman, elle, elle les a pas gardés ?

Elle s'est fâchée, violente tout à coup.

— Tu ne me parles plus jamais de ça, c'est compris ? Si tu n'es pas contente, tu vas te chercher une autre grand-mère.

Quand j'en ai parlé à Anne, elle m'a dit :

— Ta mère ne m'a jamais fait de confidences. Elle m'a seulement dit, quand j'ai compris qu'elle était enceinte : « L'enfant, il sera de personne. Le père, il a une autre femme et des gosses. » Zaza, bien sûr, elle a mal accepté d'avoir une fille *fille-mère*, comme on disait à l'époque. Son vieux fond paysan. Une Ardéchoise catholique comme on l'était autrefois : on ne va pas au lit sans être passé par l'Église ! Elle, elle s'était mariée dans son village avec un gars du coin, ouvrier agricole d'après ce que je sais. Un peu buveur, un peu coureur, mais pour un homme, c'était permis. Tuberculeux, ça, elle ne le savait pas. Quand il est mort, elle est montée à Paris avec sa petite de quatre ans, pour prendre une loge, faire des ménages. Elle a été courageuse, Zaza, mais elle savait ce que c'était que d'élever seule une gamine et n'aurait pas voulu que sa fille connaisse le même sort. Sans l'avoir jamais vu, elle a détesté celui qui l'avait engrossée... Et, ce qui lui faisait le plus mal : s'être fâchée contre sa fille – pas longtemps, mais quand même ! – d'avoir cédé à un va nu-pied, de plus en couple ! Elle disait : « Si elle avait eu une situation, secrétaire ou institutrice... » Comme si d'avoir une « situation » empêchait une fille de courir la prétentaine !

Oui, elle disait *la prétentaine,* Anne, quand elle voulait me voir sourire, je trouvais ce mot si drôle ! Et elle continuait :

— Il y a des tas de gens qui n'ont pas connu leur père et qui ne s'en portent pas plus mal... Vois le nombre d'enfants qui, aujourd'hui, naissent sans !

— Oui, mais moi, à part Zaza, je n'ai personne. Derrière moi, c'est le vide.

— Tu as peut-être encore des cousins en Ardèche. Un jour, je t'y emmènerai. Tu verras, c'est un beau pays. Rude, mais avec des ciels...

Je m'en foutais des ciels de l'Ardèche. Elle, elle persévérait dans son discours optimiste :

— Réjouis-toi, tu es une belle plante sans tuteur ! Libre, libre !

Elle en avait de bonnes, Anne. Libre, pour quoi faire ? Quand on est sans fric, la liberté, ça mène souvent au ruisseau. Elle était comme beaucoup : tout en rose pour les autres, bon moyen de se tirer avec élégance. Je suis injuste, sans doute. Mais, sur le coup, je me souviens lui en avoir voulu de cette pirouette.

Est-ce pour cela que j'ai toujours été à la recherche de pères, comme disent les psys. Que j'aime tant faire le ménage chez Nicolas Dereigne ? Quand je dis *le ménage,* c'est une façon de parler, car dans son trois-pièces, comme dans le bureau d'Anne : « Il ne faut rien déranger. » Des livres, des papiers partout jusque dans la salle de bains et les WC. Pire que chez Anne, et pas rangé. Il n'écrit pas, il lit ! J'avais pensé : une écrivaine, un lecteur cultivé, ancien archiviste, ça doit s'entendre. M. Dereigne ne sortant guère de chez lui, je leur avais *concocté* (j'adore ce mot, qu'Anne employait, qui sent les plats mijotés de ma grand-mère) un rendez-vous chez lui, à l'heure du thé. Après, Anne a dit :

— Aussi méticuleux dans sa tête que foutoir dans son appartement. D'accord, il connaît le Moyen Âge comme s'il y était né et y avait vécu mille ans. Mais après… Il n'aime ni le cinéma, ni le théâtre, ni, ni, ni. Un vieux *crassou* (un mot de son pays, paraît-il, pour dire crasseux) !

— Son appartement, oui. Pas lui, c'est moi qui m'occupe de son linge, ai-je rectifié.

— D'accord, d'accord ! Chemise blanche impeccable et pantalon qu'il doit mettre tous les soirs sous le matelas pour qu'il garde le pli. Depuis l'enfance, vieux garçon sans doute. Merci !

— Je n'ai pas arrangé cette rencontre pour que vous vous mettiez en ménage !

— Sans doute, mais moi, ce genre d'homme, ça m'asphyxie. De l'air, de l'air !

Son sentiment à lui :

— Une femme qui ne connaît pas La Chanson de Geste ni Bernard de Ventadour ne peut être pour moi *ni franche ni de bonne compagnie.*

— Mais elle est franche, lui répliquai-je !

— C'est une citation, ma chère petite.

Donc, fiasco. Pas au sens stendhalien (Anne m'a bien fait rire, quand elle m'en a expliqué la *connotation,* comme elle disait, sexuelle). J'étais déçue, mais je compris pourquoi il vivait en solitaire. Pourtant, j'ai pour cet homme une affection filiale. Je lui fais surtout ses courses et sa cuisine. La cuisine est d'ailleurs le seul endroit que je parvienne à tenir net. Il vient m'y rejoindre quand j'épluche les légumes de sa soupe ou surveille un plat. Il me demande une tasse de café qu'il déguste lentement en me faisant des compliments, employant des tournures fleuries, sur ma belle mine et ma dextérité. Parfois il me pose des questions sur moi, sur ma vie. Bien que je sois prudente dans mes réponses, elles semblent le jeter dans des abîmes de perplexité et il finit toujours par conclure : « Le monde est sans cesse si nouveau que je peux de moins en moins l'habiter. »

Cette recherche du père expliquerait-elle l'attrait que Louis de La Cage de Vénus, poète de l'ombre et de la lumière, exerce sur moi ? En serait-il de même pour Bruno, plus âgé que moi, qui avec son grand corps souple, sa peau cuivrée, sa force animale me rassure ? Après le crime, ne lui ai-je pas obéi avec une servilité de fille en tutelle qui me déconcerte ?

Je commence à avoir sommeil. Et si je couchais là, sur le divan d'Anne ? Demain, j'irai faire toilette chez moi après six heures, heure à laquelle la petite Vietnamienne quitte son trottoir.

Mauvaise idée que de passer la nuit ici. À une heure du matin, un cri m'a réveillée en sueur. C'était moi qui hurlais dans mon sommeil. J'étais avec Anne dans un hall de gare envahi par la foule. Nous portions chacune une valise très lourde. Je savais Anne malade, épuisée. Je ne la quittais pas des yeux. Pourtant, dans un remous de cette foule qui me paraissait hostile, je l'ai perdue de vue. Criant son nom, je repris une conscience floue du lieu où je me trouvais, et du temps. Ce cauchemar m'a rappelé ceux qu'Anne me disait avoir faits après la mort de sa mère – les mêmes ! Cela me trouble. L'angoisse est là.

Un peu après six heures et demie, la rue était vide, mais tout en bas, presque arrivée à son débouché, sur le boulevard, je suis tombée sur Jules-Julie. On n'avait jamais fait conversation car cet être hybride, ni homme ni femme, énorme bidoche à l'air que couvre – découvre serait plus juste – une guimpe de dentelle rouge, portant jupette et bas résille noirs, perruque rousse, groin peinturluré, me donne un sentiment de malaise. Surtout quand un type l'aborde. Je me demande qui peut jouir de cette poupée gonflable au sexe incertain... C'est *lui-elle* qui m'a abordée : « T'es ben la fille qui t'occupe d'Anne ? Elle est malade ? » Je suis restée pantoise une seconde avant de sortir mon mensonge habituel. Anne connaissait donc toutes les putes du quartier ! « Je me disais aussi : tiens, j'vois pu ma copine, continua-t-elle d'une voix éraillée de mec qui a trop bu, trop fumé. On se prend un café ? » La curiosité aidant, je n'ai pas dit non.

À sept heures on était installé aux Abbesses, dans leurs fauteuils dits profonds parce qu'éculés, devant café crème et croissants. Quand le garçon en eut terminé avec ses minauderies à l'adresse de Jules-Julie qu'il appelait *ma chérie,* je demandai à celle-ci dans quelle condition elle avait connu Anne.

— Comme tous les gens du quartier. Enfin, ceux qui ne sont pas cul serré. J'la voyais le matin qui partait ou revenait de faire ses courses. Un matin qui gelait, elle m'a dit : « Ben dites donc, vous êtes pas trop habillée par ces temps ! » Comme avec toi, on a été prendre un café et on a causé. Depuis, je lis tous ses bouquins. Y en a qui sont un peu chiants. Mais y en a un que j'aime bien. J'sais plus comment il s'appelle. Y a une scène qui m'a bien fait rigoler. Un jeune gars qui est en dessous du plumard où un autre baise une de ses copines. Ça, c'est du vécu ! Alors, elle est partie en Égypte ? Elle aurait pu me prévenir. J'me suis fait du mouron à plus la voir passer. Et puis ça me manque nos causettes. Tu sais pas quand elle rentre ? Ah, c'te vieille, elle a encore du chien... Un soir que je quittais ma planque un peu tard à cause d'un client, un de ceux qui sont sparadrap, j'l'ai vu rentrer chez elle avec un mec bien plus jeune qu'elle. Un beau gosse, tu peux pas savoir... Remarque, moi, les mecs, c'est pas trop mon truc, j'serais plutôt gouine, mais faut bien bouffer et les femmes qui paient pour se faire *gougnotter*, y en a, mais pas des masses. Elles vont dans des clubs, elles te prennent pas dans la rue. Les femmes, ça veut des lumières tamisées, des approches, du champagne, des oui-non. C'est pas brut, les femmes. Pourtant, entre nous, c'est toujours pour en arriver au même, pas vrai ? Cuisses écartées et que la bête couine ! Et toi, ça va à La Cage de Vénus ?

Qu'elle sache que je travaille dans cette boîte me rendit sèche. Je ne pouvais plus rien articuler. Était-ce elle qui en avait parlé à Anne ? Elle rigola.

— Ben quoi, on va pas appeler le Samu ! T'as honte de travailler là ? T'as raison. Plus tartouille, tu meurs. J'ai essayé d'y entrer pour renouveler le spectacle. Mais ta Mine, elle fait partie de ces macs qui jouent les duchesses. Parce que, entre nous, avec ses airs de madame, elle aussi fait du fric avec vos culs !

J'avais pu reprendre mon souffle :

— L'homme que tu as vu avec Anne, il était comment ?

— Grand, mince, cheveux gris, une allure !

— C'était sans doute un de ses amis écrivains.

— De la façon dont il la tenait serrée, dont elle le regardait, si tous deux rentraient chez elle, c'était pas pour enfiler des perles !

— Tu les as revus ensemble ?

— Pas ensemble. Mais lui, oui, plusieurs fois, qui remontait la rue, toujours quand, moi, je la quittais. Un après-midi, pour rigoler, je l'ai dragué. Fallait voir son air d'archevêque à qui on vole l'anneau ! Mais dis donc, ça a pas l'air de te faire plaisir d'apprendre qu'Anne elle s'envoie encore en l'air ! T'es une jalouse, toi ! C'est quoi que tu fais comme ménage chez elle ?

— Dis pas de conneries ! Quand est-ce que tu l'as vu, ce type, pour la dernière fois ?

— Tu vois bien que t'es une jalouse ! Un an, peut-être. Moi, tu sais, le temps !

— Oui, eh bien moi, il est temps que je me tire !

Elle me fouilla de son petit œil de porc, rire obscène. Je me suis levée, j'ai dit « salut » et je suis partie, le cœur au bord des lèvres.

En faisant le ménage chez Josie Danou, une belle fille blonde que j'aime bien, instit, toujours en route pour une dépression, pendant qu'au lit, elle écoutait du Bach, peu à peu je me suis remise. Quel était cet homme qui, certains jours, venait chez Anne ? Le fameux François, l'écrivassier ? Ou qui ? Agacé par les avances de Jules-Julie, il aurait pu, depuis plusieurs mois, pour l'éviter, venir voir Anne en passant par le haut de la rue… Comment savoir ? Une chose était sûre : elle me faisait des cachotteries.

Drôle de rencontre, l'autre soir, après le spectacle. Parmi les quelques hommes qui nous attendaient à la sortie, l'un, quarante, cinquante ans, grand, mince mais pas trop, un visage tout en courbes douces, des yeux marron doré et une chevelure grise si dense qu'on ne pensait qu'à fourrager dedans. Mon type, quoi ! Il m'a accostée comme si nous avions prévu, à l'avance, un rendez-vous. « Auriez-vous un peu de temps à m'accorder, Mademoiselle ? » Je voulais, comme d'habitude, dire non, j'ai dit oui. Dans la rue, il m'a pris la main, geste qui m'a fait fondre, d'autant plus que la sienne semblait émettre des ondes de plus en plus larges qui me noyaient délicieusement le cœur. (Si Anne entendait ça, elle dirait que c'est du style de roman de gare, mais ce fut mon ressenti. *Ressenti,* elle aimerait.) On s'est assis dans un café du boulevard Rochechouart envahi par les touristes, si bruyant que pour nous parler nous devions rapprocher nos visages au-dessus de nos verres de vin, presque à se toucher.

— Jouez-vous dans d'autres cabarets ? me demanda-t-il.

— Non. À La Cage de Vénus, je suis la doublure d'une danseuse. Je n'y parais donc pas tous les soirs. Seulement quand elle est souffrante ou prend un congé.

— Alors j'ai de la chance. J'y suis venu, il y a quelques mois, avec une amie, et je vous y ai remarquée. Vous êtes différente des autres. Beaucoup de grâce avec une distinction qui vous isole. C'est pourquoi je suis revenu. Seul.

Il avait fait vibrer le dernier mot sur un mode grave.

— Le spectacle est pourtant bien vulgaire...

— Certes. C'est pourquoi on vous remarque.

Ne sachant quoi dire, j'ai soufflé un petit merci.

— Pour vous, c'est un travail d'appoint ? Seriez-vous étudiante ?

— Non. Dans la journée, je m'occupe de personnes âgées.

— C'est très méritoire !

— Je les choisis. Dans ma clientèle, j'ai un ancien archiviste. Une romancière...

Je tentais de hisser mes fonctions de femme de ménage à celles de dame de compagnie.

— Une romancière ? Je la connais peut-être ? Je travaille dans l'édition. Quel est son nom ?

Quand je prononçai celui d'Anne, ajoutant qu'elle était, depuis longtemps, oubliée du public, il se récria :

— J'ai lu autrefois plusieurs de ses œuvres, avec plaisir. Je me demandais l'autre jour ce qu'elle était devenue. Elle ne publie plus ?

J'ai dit, tout à trac, oubliant qu'elle était morte :

— Elle vient de déposer un manuscrit chez son éditeur, mais le *milieu*, comme elle l'appelle, est si dur !

— Il me faudrait la voir, dit-il, qu'on discute de ses projets. Je l'encouragerai. Me serait-il possible d'avoir son téléphone ?

Revenue à la réalité, je lui débitai mes mensonges puis suggérai :

— Donnez-moi plutôt le vôtre. Je vous préviendrai quand elle rentrera.

Son regard devint vague.

— Oui, je vous le donnerai…

Ce qui signifiait, bien sûr, qu'il n'avait pas l'intention de le faire, ayant une madame à la maison. Puis, me caressant la joue :

— Auriez-vous encore un peu de temps à m'accorder ? L'adresse d'un lieu plus intime où nous pourrions continuer cette conversation ?

Je n'allais pas faire mine de ne pas comprendre. Pourquoi ai-je eu la tentation de l'emmener chez Anne ? J'y renonçai aussitôt : le sentiment d'un sacrilège. Rue d'Orsel, un petit hôtel discret… Il m'y suivit, retint la chambre pour la nuit. Quand après moi il sortit de la salle de bains et se glissa rapidement dans les draps, il n'était pas en grande forme, s'en excusa : « Je suis un émotif. » J'usai sans déplaisir de caresses et lècheries pour le rassurer. Il avait un corps superbe et sa peau m'était délicieusement amicale. J'aurais aimé faire durer les préambules, mais dès qu'il sentit la vigueur lui venir, de peur sans doute qu'elle ne soit trop fugace, il me prit. Et son plaisir. Et s'endormit. Un peu dépitée, je me demandai si je devais partir ou rester. Je restai, me disant qu'au matin, une deuxième expérience serait peut-être plus heureuse. Je dormis mal, allumant souvent la veilleuse pour voir l'heure car, dès potron-minet (ah ! que j'aime ce mot), il me fallait déguerpir pour retrouver ma piaule, puis mon boulot, sans problèmes. Vers six heures, il se tourna vers moi, grognant contre la lumière. Je me levai, pris ma douche, m'habillai dans la salle de bains, et filai, non sans avoir laissé mon nom et le numéro de mon portable sur la table de nuit. La rue était vide, le ciel commençait à blanchir. Je n'avais pas envie de rentrer chez moi. Je suis passé chez Anne – rien de spécial – puis au cabinet médical, frotter du sol au plafond tous les faux marbres.

V

Les éditions Masson n'avaient pas eu le prix Les Femmes. Les deux auteurs en piste, Florence Bignon et Paul Dejoube, faisaient la tête à Robert. Il savait que ces ingrats se demandaient chez quel éditeur plus jeune, plus proche des jurés des grands prix, ils iraient porter leur prochain manuscrit. Faire ça, à lui, qui les avait élevés dans son auguste maison ! La déprime le menaçait, qu'il tentait de noyer dans le whisky. C'est en vain qu'Hélène, qui souhaitait lui faire prendre des vacances, lui proposait des destinations tentatrices. Même l'idée d'un séjour dans leur maison de Porquerolles, où il aimait tant, deux fois par an, vivre une quinzaine, vieilles fringues et pas rasé, en sauvage, disait-il, ne l'arrachait pas à ses ruminations moroses sur son âge, la fin d'une ère – il n'avait pas d'enfant, pas de neveux, personne pour assurer la succession. La fin de la littérature, en somme !

Il se rendait tard à son bureau où il s'enfermait pour ne pas voir la mine réprobatrice de sa secrétaire, car il n'acceptait de recevoir que de jeunes auteurs, dont ses conseillers lui avaient vanté le manuscrit, ce qui faisait peu de monde, essayant de se réchauffer à leur propre flamme, leur donnant des conseils de vieux routier, heureux, malgré tout, quand il les sentait attentifs et reconnaissants. Si, en plus, le garçon était d'allure avenante, il l'emmenait boire un coup au bistrot voisin, lui faisait raconter sa vie. Il rentrait alors chez lui, un peu soul mais plus léger. Hélène évitait d'organiser des dîners. D'ailleurs, la saison était passée. Il faudrait recommencer en décembre pour les prix de printemps. D'ici là, elle espérait une renaissance.

Le manuscrit d'Anne était toujours sur le bureau de Robert : un reproche constant. Un jour où il n'en pouvait plus de le voir là, il demanda à Michèle d'annuler tous ses rendez-vous et il s'enferma avec lui, jusqu'au soir. À travers les mots, il découvrit Anne toute crue. Celle qu'il connaissait. Celle qu'il ne connaissait pas. Une suite de portraits, tracés de main de maître, de ses proches et d'écrivains qu'elle avait connus. Surpris par un humour corrosif, de la méchanceté, parfois du cynisme, décrivant la comédie humaine des Lettres, l'hypocrisie, maîtresse du spectacle. Elle assassinait le couple Monique-Patrick, prêtant à l'une et l'autre des intentions régicides. Il pensa qu'elle exagérait le trait. Il est vrai que Monique disait d'elle – et elle devait le savoir –, moue dédaigneuse : « Avec ses airs de Dadame, elle n'y arrivera jamais. » Elle expliquait à ceux qui voulaient l'entendre – pas à Robert ! – que, devant le déferlement des livres publiés, ce n'était plus un texte qu'il fallait vendre, mais un personnage qui, de plus, écrivait. Grâce à elle, on allait voir, dans les médias, des paysannes et paysans en sabots, panier au bras, vendant des fromages de chèvre, des ouvriers en bleus de chauffe, des clowns et clownesques, des professeurs Nimbus, des poivrots, des putains, des saintes, des révolutionnaires, des SDF ou prétendus tels… Chaque semaine paraîtrait, dans le monde littéraire, un nouveau phénomène. Pour elle, la Littérature, c'était le cirque !

Monique Nyver ! Robert l'avait embauchée – et il s'en voulait ! – deux ans plus tôt, poussé par Patrick : « Patron, une perle rare : fille unique d'une famille du faubourg Saint-Germain agrégée de philo et journaliste à *La Mode,* elle tient les deux bouts de la chaîne des lecteurs : les intellos et le peuple ! De plus, beaucoup d'entregent et elle rêve d'entrer dans l'édition. Bien sûr, pour le salaire… » Robert demanda à voir : un déjeuner chez lui. En toute simplicité. Parfaite, absolument parfaite ; elle lui avait joué la bourgeoise ! Gerbe de fleurs venant d'un grand fleuriste envoyée la veille, la maîtresse de maison ou son personnel pouvant ainsi tranquillement arranger le bouquet dans un vase. Elle, arrivant cinq minutes après l'heure prévue afin de permettre aux hôtes de mettre une dernière main à leur toilette ou aux coussins du salon. La quarantaine bien en chair, petit tailleur noir, chemisier blanc, lunettes cerclées or, l'allure professeur de collège à l'ancienne. Attentive aux propos de Robert ; aimable, sans trop, avec Hélène. Robert s'étonna : pourquoi, agrégée en philosophie, avait-elle choisi de travailler dans un mensuel touchant une population un peu… ? Enfin, elle comprenait. Certes, il n'avait aucun mépris pour… Elle le tira d'embarras : l'enseignement l'ennuyait, mais elle avait un grand attrait pour la culture, tout particulièrement pour celle qui s'adresse au peuple – Jean Vilar, Aragon, voilà ses maîtres. Faire lire, faire réfléchir, voilà son but. Elle dévoila son projet phare : créer au sein d'une maison d'édition – pourquoi pas chez lui ? – une collection « Philo pour tous » où tous les sujets concernant l'Homme, mais aussi la société, seraient traités de façon simple, parfois même ludique. Quatre de ses amis, « les Mousquetaires », précisa-t-elle en souriant, jeunes, beaux, étaient prêts à tenter l'aventure avec elle, prêts aussi à faire la une des médias, grâce, pour deux d'entre eux, à leur compagne – jeunes comédiennes qui promettaient –, et les deux autres par leur proximité avec les gens de la mode et du design. Le lancement de cette collection intéresserait *Paris Match* ! Bien sûr, il faudrait avancer de l'argent. Robert verrait ça avec elle, dans son bureau où ils prendraient le café.

Le portrait qu'Anne avait tracé de lui sous le chapitre « L'Éditeur » n'échappait pas à ses coups de patte. Elle décrivait fort bien son souci : avoir l'allure et la renommée de son père, tout en étant différent, d'où les contorsions qu'il était amené à faire dans sa mise, son allure, son discours. Sa gêne devant certaines pratiques fallacieuses, que lui proposait son entourage maison, qu'il autorisait en détournant la tête, sa honte de publier certains textes imposés par des *argentiers* sous le prétexte qu'il fallait bien, de temps en temps, être « peuple », mais, contrairement à beaucoup d'autres, il était brossé avec une touche de tendresse. Parlant de ses rapports avec une écrivaine, elle analysait en finesse leur relation, en profitait pour évoquer ces sentiments aujourd'hui disparus, qui avaient fait florès en littérature, donc dans la vie, « car la vie copie la littérature », disait-elle : amour courtois, amitié amoureuse. Elle expliquait qu'ils existaient encore mais que, trop moqués, ils ne pouvaient plus être dits, encore moins écrits. Ils demeuraient dans cette zone indécise de l'esprit qu'autrefois on appelait l'âme. Mot, lui aussi, disparu. Ce sentiment ambigu où l'affection est parfois traversée par l'éclair du désir, l'aurait-elle donc non seulement décelé en lui, mais partagé ?

Il referma le manuscrit avec un sentiment de plénitude. Il aurait au moins été reconnu par une femme de qualité. Cette joie du cœur s'éteignit vite : publié, chacun dans le *milieu* reconnaîtrait le fils Masson, en ferait des gorges chaudes… Hélène la première. Elle ne serait ni peinée ni vraiment fâchée. Non. Elle profiterait de cette « faiblesse » de son époux, qu'elle lui rappellerait par allusions moqueuses, pour asseoir encore plus son règne dans le couple. Il avait eu grand tort de laisser traîner ce manuscrit sur son bureau ! Sa secrétaire, quelqu'un de son équipe avait pu le consulter. Le mettre au coffre. Mais après ? Quand Anne reviendrait, comment lui demander d'enlever ce passage ? Sous quel prétexte ? Il ne pouvait accuser la forme. Peut-être lui parler d'un prix possible à l'automne prochain, à condition qu'elle n'apparaisse pas comme sa favorite – dans les jurys, il y avait toujours un ou deux auteurs « refusés » qui se servaient du moindre ragot pour discréditer l'éditeur et l'auteur en piste... Cet argument suffirait-il ? Il rêva d'un petit dîner avec elle, comme « dans le temps », restaurant cosy, bougies, champagne. Lui prendre la main, lui dire qu'elle avait raison : il l'avait aimée. Qu'il lui demandait, au nom même de cet amour non dit, d'en gommer l'écriture : leur secret. Accepterait-elle, l'amie l'emportant sur l'écrivain ? Il n'en était pas sûr. Il lui fallait la voir au plus vite. Il composa le numéro. Personne. Cela l'agaça, puis l'inquiéta.

Au dîner, Hélène le trouva distrait.

— Rien de nouveau ? demanda-t-elle quand ils partagèrent le verre du soir.

Tout en se traitant d'idiot, il ne put s'empêcher d'avouer, tant son angoisse lui serrait le col :

— J'ai lu le manuscrit d'Anne Dauvent.

— Et alors ?

— Beau texte.

— Tu vas publier ?

— Oui, mais il faudrait qu'elle vienne signer le contrat. Toujours pas de nouvelles.

— Elle va bien rentrer... Je suppose qu'il n'y a pas d'urgence pour la publication... Tu penses à un prix ?

— Un prix de printemps, l'année prochaine ? Pourquoi pas ! Au vrai, ce qu'il faudrait pour elle, mais ce sera difficile : le prix des Trente.

— Bigre ! Ça va être du boulot ! Pas impossible. On a du temps pour préparer le terrain. Tu me le feras lire, son roman ?

Il dit oui, puis qu'il allait se coucher tôt; fila dans sa chambre. La tête sur l'oreiller, il mit longtemps à s'endormir, cherchant l'excuse qui lui permettrait de retarder à perpète la remise du manuscrit d'Anne à sa femme. Il n'allait pas prétendre qu'il l'avait donné à lire à ses conseillers et que la photocopieuse était en panne ! Dans la nuit, il rêva qu'il étouffait sous des milliers de pages crachées par la machine devenue diabolique. Sur toutes ces pages, il le savait, on pouvait lire l'aveu de son amour secret.

Hélène, elle, avait allumé une cigarette, puis deux, puis trois... Qu'est-ce qui ne tournait pas rond chez Robert ? L'âge ? Entrant dans la chambre, elle le vit couché sur le ventre, ronflant, oreillers jetés au sol. Elle alla occuper une des chambres d'amis, se disant que ce serait peut-être désormais *sa* chambre.

Le lendemain, vers les dix heures, Robert eut de nouveau la petite voix au téléphone : non, Anne n'était pas rentrée. Des nouvelles, oui. Elle était sur le Nil, en felouque. Oui, elle l'avait appelée avant d'embarquer... Elle savait maintenant ce qu'il avait dit au sujet de son manuscrit. Elle avait promis qu'elle irait le voir à son retour. Quand ? Ah, ça... Non, ce n'était pas un voyage organisé. Une petite expédition décidée au dernier moment... Bien sûr qu'elle le tiendrait au courant ! Pourquoi Robert demanda-t-il à la messagère de passer à son bureau le lendemain à seize heures ? Il ne pouvait se l'expliquer. Cette voix et ce qu'elle disait lui paraissaient irréel.

Elle se présenta à l'heure : « Carina Révendat, employée de maison d'Anne ». Une jolie fille, comme il y en avait tant aujourd'hui. Taille moyenne, très mince. Paupières pailletées, front et joues aux trois quarts dissimulés par une longue frange et des mèches brunes, rousses, blondes, tombant sur les épaules. Elle avait dû vouloir s'habiller « chic », en « dame », avait peut-être emprunté à sa mère un tailleur gris et des vernis noirs à talons. Ça ne collait pas avec ce visage plaisant mais trop fardé, avec des colliers, bracelets, boucles d'oreilles qui la transformait en *sapin de Noël* aurait dit Hélène.

Il lui offrit un verre, des cigarettes. Elle eut une minute d'hésitation puis accepta. Pour la mettre à l'aise, il quitta son bureau, vint s'asseoir près d'elle ; entre eux, une petite table portant verres et bouteille de whisky. Avec amabilité, il la questionna. Depuis quand travaillait-elle chez Anne ? Quelles relations entretenaient-elles ? Puisqu'elles étaient si proches, pouvait-elle lui dire quelle était exactement la vie de sa patronne-amie ? Il lui expliqua que cette question ne signifiait pas curiosité malsaine mais que, soucieux de lui faire avoir un prix important, il lui fallait connaître ses amis et relations en littérature ou ailleurs. Comme elle était absente et qu'elle semblait ne rien cacher à sa (il eut une hésitation puis sourit) demoiselle de compagnie… Elle répondit à tout avec précision, gentillesse, et un vocabulaire qui le surprit. Tout d'ailleurs le surprenait dans ce qu'elle lui racontait. Pourtant, à la dernière question, elle baissa la tête, un instant silencieuse, puis, la relevant avec un léger sourire :

— Croyez bien, monsieur, que je suis honorée de la confiance que vous m'accordez… mais, comment vous dire ? Je crois qu'Anne cadenasse sa vie privée. Même à moi elle n'en souffle mot. Savez-vous ce qu'elle dit ?

— Vie privée ! Drôle de locution. Privée de quoi ? J'ai compris qu'elle avait des amis dont je ne sais rien, mais qui ne sont certainement pas du milieu !

Oui, je connais la signification de ce terme. Anne dit : « Le *milieu* dit *des Lettres* a à voir avec le *Milieu.* » C'est une plaisanterie, bien sûr ; elle aime jouer avec les mots et j'aime y jouer avec elle.

Robert, tête baissée, se taisait. Elle écrasa sa cigarette dans le cendrier, se leva pour prendre congé.

— Je vous en prie, dit Robert, restez encore un instant. Je réfléchissais.

Puis, de plus en plus aimable :

— Je suis de l'avis de nos aïeux, tous les métiers sont honorables. Le vôtre, encore plus, étant donné que vous gagnez votre vie, et pas très bien sans doute, en facilitant celle des autres. Pourtant, votre façon de vous exprimer me prouve que vous pourriez accéder à une situation qui vous apporterait plus de confort, un secrétariat, par exemple.

Carina, qui était restée debout, se mit à rire.

— Anne m'avait préparée à cet emploi. Elle m'avait même inscrite à des cours du soir ! Cela ne m'a jamais tentée. J'aime aller chez les gens, voir comment ils vivent, recevoir parfois leurs confidences. La vie des autres est toujours plus passionnante que la sienne.

— Une remarque d'Anne ?

— Non, de moi !

Elle rit de nouveau. Elle avait un joli rire, en cascade. Ce fut au tour de Robert de se lever.

— Mademoiselle, j'ai été ravi, vraiment... Je ne veux pas vous retenir, mais il faut nous revoir. Une idée à creuser. Seriez-vous libre pour un dîner, quand il vous plaira ?

Face à lui, elle redressa sa petite taille, regard et visage durcis par une crainte ou une révolte. Il sourit.

— Rassurez-vous, Mademoiselle. Il n'y a rien d'équivoque dans mon invitation : j'ai pensé à un livre que vous feriez, avec Anne, peut-être, sur cette vie des autres qui vous intéresse. Il me faut y réfléchir et vous en parler plus longuement. On dit la semaine prochaine ? Téléphonez-moi. Je vous raccompagne.

Reprenant place à son bureau, il se demanda quelles étaient les raisons profondes de l'offre qu'il venait de faire à cette jeune femme. Un livre. Oui, pourquoi pas *Les confessions d'une aide ménagère* ? Cette idée ancienne – il pensait aux *Confessions d'une femme de Chambre* – redevenait « mode », mais le charme acidulé de cette jeune femme n'expliquait-il pas aussi cette proposition ? L'aveu de son désir d'entrer ainsi par la petite porte dans la vie d'Anne l'effleura, qu'il se hâta de repousser : avant tout, il était l'Éditeur !

Quinze jours plus tard, elle téléphona, s'excusant : elle avait eu la grippe, n'était encore pas bien. Il fallait remettre à plus tard leur rendez-vous. Ce livre, dont il lui avait parlé ? Non, elle ne le sentait pas. Non, Anne n'avait pas appelé. Il éprouva une double déception qui lui fit penser foutre le camp. De son bureau ? De sa vie ? Il ne savait plus. Il prit son manteau, un taxi, passa sa journée à traîner dans les bistrots de Montmartre à boire avec de faux peintres. Rentra chez lui, malade. Hélène fit venir leur médecin qui, bien sûr, publiait chez Masson des livres style « médecine pour tous ». Huit jours de repos, régime.

Le lendemain, il se retrouva à Porquerolles, en peignoir et savates, pas rasé. Au menu : quinoa aux légumes et eau plate. Il faisait beau. Sur la mer, cette délicate lumière d'automne dont on ne sait si elle est bleue, verte ou mauve. Près de lui, une Hélène attentive, multipliant les tendresses maternelles. Il eut honte de se sentir malheureux.

VI

Salem sur mon portable : il voulait me voir. Urgent. Je me remettais à peine de ma visite chez l'éditeur d'Anne. Écrire un livre ! Quand je disais : devenir elle ! Non, je ne peux pas. Cela me fait peur… Je ne veux plus voir ce type. Il me ferait craquer ! Après tout, je ne lui dois rien.

Chez Salem, à dix heures du matin, il ne faut pas faire de bruit car il dort, ne sortant de son lit que vers onze heures, sorte d'échalas surmonté d'une tignasse hirsute qui se casse en deux sur une chaise de la cuisine que je n'ai pas fini de ranger. Son café bu, sans même me dire bonjour, il éructe la liste, fort longue, des griefs qu'il a contre la société, puis me propose des *affaires* : chemisiers pure soie, robes façon grande couture, jeans fausse marque, montres, bijoux, sacs, porte-monnaie de même acabit… Que sais-je encore ! Prix imbattables. Il a renoncé à m'offrir du hasch, sachant que je suis contre. En principe. En réalité, avec Bruno, il m'arrive d'en user. Il vit ainsi, Salem, de petites et grandes *débrouilles*, et lui aussi, il écrit. Un premier roman, *Les Dunes Bleues*, paru il y a quatre ans, sans doute à compte d'auteur, dont une centaine d'exemplaires encombrent encore son studio, bien qu'il l'ait distribué à tout le quartier et au-delà. Il n'a pas été suivi d'un deuxième. Il y travaille, prétend-il, et là, on va voir ce qu'on va voir ! Il me paie ou ne me paie pas, selon ses rentrées d'argent, et je me demande parfois pourquoi je continue à tenter de récurer son logis. Il est vrai que, passées les heures de réveil, Salem est gai et courtois. Intelligent, de cette intelligence des choses du cœur qui séduit les femmes, toujours prêt à rendre service, non pas dans la robinetterie mais le relationnel. Anne, qui avait lu *Les Dunes Bleues*, lui avait reconnu un certain talent et avait voulu lui donner des conseils. Il les repoussa, poli mais ferme : les idées et le style de cette dame fort respectable par sa personne et son œuvre n'étaient plus de saison. Il ne manquait pas, pourtant, d'aller lui porter un bouquet de muguet tous les 1er mai !

Son café bu, voilà qu'il me demande de ses nouvelles :

— Alors, ta romancière, qu'est-ce qu'elle devient ? Elle l'a fait, son voyage au Caire ?

Je me suis arrêtée net de frotter le cul des casseroles.

— Au Caire ! Qui t'a raconté qu'elle était au Caire ?

— Elle !

— Elle t'a dit ça quand ?

— Je sais plus. La dernière fois que je l'ai vue. En juillet, peut-être.

— Tu l'avais rencontrée dans la rue ?

— Non, j'avais été chez elle pour lui montrer des bagues. Tu sais, celles en vieil argent, avec de belles pierres, bien montées. Je te les avais fait voir. T'as failli prendre la rouge qui faisait rubis, mais t'avais pas, ce jour-là, rubis sur l'ongle !

— Et elle t'avait parlé d'un voyage ?

— Oui, elle voulait changer d'air. Et puis, tu la connais ; Anne, avec son air de vieille dame rangée, c'est une aventurière. Il y a un siècle, le printemps arabe, elle en était. Les révolutions, d'où qu'elles viennent, ça la fait jouir. Ça t'embête ce que je te dis ?

— Ça m'étonne, c'est tout.

— Pourquoi ? Parce qu'elle a des envies de voyage, qu'elle est du côté des Arabes malgré les attentats et tout le bordel, ou que je vais la voir sans te prévenir ? T'es quand même pas jalouse d'elle !

Il est parti d'un grand rire, ce qui m'a fait hausser les épaules.

— Idiot !

Et j'ai cru bon de rire avec lui, puis lui ai dit, comme à tout monde, qu'il avait raison : elle était bien en Égypte. Tout se mélangeait dans ma tête, le vrai, le faux, les soupçons... Et, j'étais bien embêtée : je n'allais quand même pas mettre Salem sur la liste des possibles coupables !

— C'est emmerdant, dit-il, car je viens de terminer mon roman, *Les loups sont là*, et je voudrais lui faire lire. Et puis il y a un truc encore plus chiant. Hier soir, dans le métro, au changement Barbès, j'ai eu un contrôle de police, j'avais pas de ticket, pour seuls papiers une vieille carte d'identité qui datait de je ne sais quand ; ils m'ont emmené au poste, m'ont cuisiné vache : mon adresse, mes conditions de vie, mon travail. Je leur ai dit que j'étais le secrétaire d'Anne, que je m'occupais de sa doc, que je lui servais de correcteur et d'attaché de presse personnel. Tu comprends, une femme honorablement connue, ça me servait de garde-fou. Je suis sûre que si elle était là, elle témoignerait pour moi.

Je restai sans voix, ahurie par son aplomb.

— Demain, continua-t-il, je vais leur porter les papiers qu'ils m'ont demandés, je leur expliquerai qu'Anne est absente et que, s'ils la convoquent, tu iras à sa place et tu confirmeras. Quand elle rentrera, tu lui expliqueras. Je suis sûre que ça la fera rigoler.

Moi, non. À cause de lui, la police allait s'intéresser à elle, à moi ! J'aurais voulu l'injurier, mais je parvins à me maîtriser : il ne fallait pas qu'il se doute... Je me contentai de lui lancer :

— Toi et tes magouilles !

J'allais continuer dignement mon récurage, quand il s'écria :

— L'Égypte ! Je te l'avais bien dit : c'est tout elle. Une révolutionnaire, Anne !

Par elle, j'avais eu vent des péripéties de ce fameux printemps arabe pour lequel, en effet, elle m'avait dit avoir pris fait et cause. « Il y a longtemps déjà, rentrée de Tunisie, je ne décolérais pas : Ben Ali était un dictateur. Au marché de Kairouan, j'avais rencontré un garçon qui vendait des boutons de fleur d'oranger... » Je n'avais guère prêté attention à la fin de son histoire, mon imagination ayant battu la campagne autour d'une terre couverte d'arbres qui portaient dans une même saison fleurs et fruits... J'ai eu tort. Que s'était-il passé entre elle et cet homme ? Je me souviens d'une autre chose. J'étais encore enfant, j'étais avec ma grand-mère qui faisait son ménage, elle rentrait d'un rendez-vous avec une étudiante tunisienne, rencontrée là-bas, revenue avec elle à Paris ; elle avait jeté son sac et sa veste sur une chaise disant : « Ben Ali est un tortionnaire. Il faut l'abattre ! » Ce qui, dans sa bouche, avait choqué ma grand-mère. Elle ne comprenait pas pourquoi on se mêlait des affaires des autres. N'avait-on pas assez de mal avec les nôtres ? Et elle le lui avait dit. Anne, une *révolutionnaire* ? Salem poursuivait :

— Ce qui la passionne, actuellement, c'est le mouvement Kifaya, qui regroupe les ouvriers du textile, ceux du Delta et les intellectuels cairotes. Il n'y a pas longtemps, on en discutait ; elle se demandait de quel côté se plaçaient les Coptes.

— C'est quoi, ce nom ? demandai-je.

Il me répondit qu'on nommait ainsi des chrétiens dont certains étaient issus de familles qui, lors de l'invasion arabe, n'avaient pas voulu se convertir à l'Islam.

— Parce qu'avant, les Égyptiens étaient chrétiens ? m'écriai-je.

— Beaucoup l'étaient. Ils avaient été convertis par saint Paul vers l'an 300.

Et, dans un éclat de rire :

— Mais qu'est-ce qu'elle t'apprend, Anne ?

— Si elle s'intéresse à ces gens, comment peut-elle soutenir les révolutionnaires ?

— Parce que, Anne, elle a le cœur encore plus grand que ta tête ! Toi, tu ne peux pas comprendre !

Vexée, j'ai jeté le grattoir, l'éponge, mes gants dans l'évier

— Puisque je suis idiote et que tu es si malin, tu finiras le travail.

Et, sans entendre les « chéries » et mots doux dont il me poursuivit jusque dans l'escalier, je fichai le camp.

Dans la rue, la pluie, qui tombait dru, me calma. Il ne restait plus qu'à penser qu'elle avait été victime d'un assassinat politique ! Encore un aspect d'elle que je ne connaissais pas ou que je n'ai pas voulu connaître. Son vieux matou d'éditeur serait encore plus surpris que moi si je lui disais...

Chez Anne, j'ai ouvert le grand placard. Des dossiers contenant des lettres d'écrivains ou d'aspirants écrivains avec leurs manuscrits, certains minces, d'autres épais. J'ai feuilleté au hasard. Pour les aspirants, cela commence toujours par l'expression d'une vive admiration pour Anne, puis un aveu : « Moi aussi, j'écris... » Après, le correspondant lui demande des conseils. Elle y a joint copie de sa réponse, toujours courtoise, même quand elle contient certaines formules comme : « Vous êtes-vous rendu compte que vos personnages, votre style n'ont pas été travaillés en profondeur ? » « Votre sujet est mince. Ne pourriez-vous lui donner plus de corps et d'âme ? » Et, le plus souvent : « Je crains que vous trouviez difficilement un éditeur, mais vous souhaite bonne chance. » Parfois, une lettre de l'auteur suit, un remerciement un peu pincé et, le plus souvent, une critique des critiques d'Anne, « qu'on n'aurait pas imaginée d'un jugement aussi étroit », qu'ils disent... Ils ajoutent qu'ils ont fait lire leur tapuscrit à leurs parents proches et lointains, à leurs amis professeurs de français, et parfois même à des écrivains de leur quartier ou de leur province. Jugement unanime : un chef-d'œuvre ! Les mêmes qui avaient sollicité d'elle « un jugement sincère » car ils n'avaient « confiance qu'en elle »... Ce genre d'aventure, Anne m'en avait parlé : ça la faisait beaucoup rire. « Encore un génie méconnu. Un futur petit Proust. Que je suis conne de répondre à leur envoi ! » À trois reprises, pourtant, le premier contact littéraire s'était transformé en échanges amicaux.

Dans un grand dossier rouge marqué d'un grand « M. », quelques pages de l'écriture d'Anne. Un début de roman ? De nouvelle ? Il y est question d'une rencontre entre un écrivain et un lecteur dans un bar chic. Paris, la neige, et ce lieu en dehors du monde où se croisent deux destins.

Fin de l'examen des dossiers du placard... Je suis vide. Non, au contraire, trop pleine d'un écœurement qui me ferait penser que je suis enceinte si je n'étais pas sûre de mes « protections ». Enceinte d'un enfant mort qui me pourrit...

Avant-hier, tout a mal commencé. J'avais rendez-vous avec le bel inconnu à la sortie du spectacle. Louis, lui, en était absent et n'avait pas donné d'excuses, ce qui n'est pas son style... D'ailleurs, d'après Mine, il n'avait jamais manqué une seule représentation. Son téléphone ne répondait pas et, comme Anne, il ignorait les portables. Pat, pour « sauver la situation », en a rajouté dans les gaudrioles et nous, nous avons redoublé le French cancan. À la sortie, je souhaitais presque que mon inconnu n'y soit pas afin de filer vers le cabaret où, vers minuit, Louis donne son numéro, dans l'espoir de l'y trouver ou d'avoir de ses nouvelles. Mais mon beau mec était bien présent, le col de son pardessus gris relevé, mains dans les poches. Dès qu'il prit la mienne, croisant ses doigts bien chauds avec les miens, glacés, pour m'entraîner loin des lumières, un doux engourdissement m'envahit et je n'eus plus qu'un souhait : me glisser entre les draps avec lui. Quand il me demanda si je souhaitais boire un verre quelque part, retourner à l'hôtel qui nous avait accueillis la première fois, je lui dis « Venez ! » et je l'ai conduit chez Anne.

— Mais où m'emmenez-vous ? chuchota-t-il quand nous nous trouvâmes dans la rue Antoine.

Je le lui dis, lui recommandant de ne pas faire de bruit en montant l'escalier. Il eut l'air gêné – alors que c'était moi qui aurais dû l'être – mais voyant que la rue était vide, il pressa le pas.

— Eh bien, si vous croyez que cette dame ne débarquera pas cette nuit…

— J'en suis sûre.

— Vous avez des nouvelles ?

Au point où j'en étais, je lui dis que oui et qu'elle ne pensait pas rentrer de sitôt à Paris.

— Il est vrai, dit-il, qu'elle a superbement parlé de l'Égypte dans un de ses romans. Pense-t-elle reprendre le sujet ?

Je lui répondis que je n'avais pas le droit de parler de ses projets. Il me félicita de tenir si bien mon rôle de « secrétaire ».

Dans l'appartement, je pris soudain conscience que je n'aurais jamais dû emmener cet inconnu dans un lieu où le fantôme d'Anne rôdait (voilà que je parle comme ma grand-mère !). Il se montra à l'aise, enleva sa veste qu'il déposa sur le dossier d'un fauteuil, me demanda à boire, jetant un coup d'œil circulaire sur la salle-bureau où je l'avais fait entrer sans s'étonner d'y voir les murs couverts de tableaux et de livres, comme si ce décor lui était familier. Après lui avoir apporté un verre d'eau, je me serais volontiers tirée, mais il était trop tard. Il me prit doucement par le bras, et c'est lui qui me fit entrer dans la chambre sans aucune hésitation, ce qui ne fit qu'accroître mon angoisse. Une idée folle me traversa l'esprit : cet homme était déjà venu ici, y avait fait les mêmes gestes... La scène qui allait se dérouler était la reproduction d'une autre : il allait me prendre puis m'assommer ! J'allumai la lampe de chevet et le lustre comme si la lumière pouvait me protéger. Il me tapota la joue :

— Tu es comme moi : tu aimes la baise en toute clarté !

Quand il sortit de la salle de bains, une serviette autour de la taille, je n'avais pas bougé, amidonnée par la peur. Il s'allongea sur le lit, découvrant un sexe au garde-à-vous dans sa capote, me sourit :

— Eh bien, dit-il, ne vois-tu pas l'hommage qu'on te rend ?

Je filai à la salle de bains où je songeai d'abord à m'enfermer. Sous la douche, ma frousse s'atténua et je pus revenir vers lui plus calmement pour le chevaucher, mais ce fut sans plaisir. J'attendais la suite. Elle fut d'une extrême banalité. Ayant joui, il me demanda si, chez Anne, il n'y avait pas une bonne bouteille de vin. Tout en allant en prendre une à la cuisine, je tendais l'oreille. Un bruit d'eau qui dura longtemps. Après « la chose », comme on disait autrefois (Anne m'avait récité un poème, *Le Mot et la Chose*, qui m'avait beaucoup fait rire), monsieur faisait des ablutions de cocotte, signe qui confirmait ce que j'avais pensé lors de notre première rencontre : il avait femme à la maison. Autre preuve : une certaine hâte, ensuite, à s'habiller, me disant qu'il ne pourrait rester la nuit avec moi, ce qu'il regrettait. Il but, debout, le verre que je lui avais servi dans la chambre, intéressé soudain, semblait-il, par les rayonnages remplis de livres, tout particulièrement par les gros dictionnaires aux couvertures usés, au-dessus de la porte. Me les montrant :

— Eh bien, ceux-ci, ils ne servent pas beaucoup. Il semblerait que les araignées y aient filé leur piège !

Dans la lumière, un cocon de toiles

— Anne n'aime pas qu'on y touche. Elle prétend qu'ils tomberaient en morceaux.

— Quand elle reviendra, dis-lui que je connais quelqu'un qui pourrait peut-être les restaurer.

— Parce que vous croyez que je vais lui raconter que je vous ai introduit chez elle !

Il rit.

— En effet ! Que je suis nigaud !

Nigaud ! Ce terme qu'Anne affectionnait, qu'on employait autrefois, disait-elle, au sujet d'un enfant, me surprit dans sa bouche.

— Puis-je savoir votre nom ? dis-je. Ou du moins votre prénom ?

— Matthieu. Avec deux t, comme l'évangéliste, précisa-t-il sur le ton de la plaisanterie.

— Oui, bien sûr, répondis-je avec l'air assuré de celle qui ne comprend pas l'allusion mais ne tient pas à le faire savoir.

Il enchaîna :

— Toi, c'est Carina, n'est-ce pas ? Je préfère ton nom de scène : Vicky. Il me rappelle une jeune Américaine que j'ai connue quand, dans ma folle jeunesse, je suis parti pour le Nouveau Monde.

Là, j'ai eu droit à la relation d'une histoire de cul torride. Cette façon de me traiter en *vieux pote* à qui on raconte ses exploits sexuels ne me parut pas d'une grande élégance, mais passons !

— Eh bien, Vicky, en termina-t-il, je te téléphonerai bientôt.

Matthieu ! N'était-ce pas l'homme qui, sur le répondeur d'Anne, lui avait annoncé son retour de vacances ? Ils se connaissaient ! Il partit après m'avoir touché le bout des seins et les fesses.

— Tu es la meilleure des bonnes, dit-il, content, semblait-il, de son jeu de mots.

J'étais si troublée par cette étrange coïncidence que je ne pensai même pas à lui faire remarquer qu'il me traitait comme une pute. Je me remis à trembler. Cette fois-ci, d'effroi : si c'était bien le même homme, qu'attendait-il de moi ? N'était-ce pas lui l'assassin, comme certains de ses comportements me l'avaient fait craindre ? Mais n'étais-je pas victime d'un délire ?

C'est alors que je tentais de me ramener à la raison que la colère me vint de la façon désinvolte avec laquelle il s'était conduit. Quel sale con ! Et moi, quelle idiote ! D'autant plus que je savais implicitement que son regard restait fiché en moi. Pas seulement son regard : sa voix et l'attrait, pourtant non sexuel, de sa peau. Comme si elle m'en rappelait une autre, très aimée, dont j'aurais été arrachée… Je finis par me dire que j'étais sortie vive de cette histoire et que je n'avais qu'une chose à faire : me coucher ! Toujours le même refrain : se coucher est une chose, s'endormir en est une autre. Malgré les découvertes surprenantes que je fais presque quotidiennement chez Anne, j'ai l'impression de rabâcher ma vie. Je pris d'abord la résolution d'envoyer promener ce Matthieu si d'aventure il demandait à me revoir, bien persuadée en mon for intérieur que je n'en ferais rien. Puis me fis peur en me racontant que si c'était lui le criminel, il avait les clefs de l'appartement et pouvait revenir à tout instant. Résultat : nuit blanche. Je ne cessais de me tourner et retourner, coupée en deux, en quatre, en six, passant de la détestation d'Anne à mon amour pour elle, de la peur de cet homme au désir de mêler une fois encore nos odeurs, de la crainte de demain où je ne serais plus rien entre les mains des policiers.

Aujourd'hui pas de ménages, j'aurais pu me rattraper de plusieurs nuits pénibles en dormant tout le jour, mais il me fallait savoir si on avait des nouvelles de Louis qui n'avait pas réapparu au cabaret depuis trois nuits. Quand je téléphonai à Mine, elle m'annonça froidement sa mort : infarctus. Elle ajouta que cette disparition la navrait, mais qu'elle remplacerait facilement son numéro par un autre plus vendeur, puis elle me demanda un service : la représenter et représenter l'équipe de La Cage de Vénus aux obsèques qui auraient lieu l'après-midi même, quinze heures, église Saint-Jean de Montmartre.

Il pleuvait, j'avais froid, une tristesse gluante me pénétrait jusqu'aux tripes et je ne pouvais échapper au déjeuner chez ma grand-mère. Déjeuner que j'avais sauté la veille – le sacro-saint déjeuner du dimanche ! – par manque de courage. Dès l'entrée (pâté de porc maison – elle en avait gavé tout l'immeuble !), ses inquiétudes au sujet d'Anne m'amenèrent à renouveler le mensonge que j'avais fait à son éditeur : le Nil, la felouque. « Alors, pourquoi je ne reçois pas de carte ? » s'étonna-t-elle. Je la rassurai, évoquant la lenteur du courrier dès qu'on était en pays étranger, les nombreuses fois où il se perdait, et même des vols par des employés philatélistes. Elle soupira : Anne, en vieillissant, ne gagnait pas en sagesse. Elle le lui dirait à son retour ! De là, elle enfourcha son dada : aujourd'hui, les gens n'avaient plus de morale, même ceux qui nous gouvernent. Le Général, il devait n'en pas revenir, là-haut. Puis nous continuâmes notre repas tranquilles (tournedos, sauce au poivre-frites, camembert) en papotant sur l'été pourri que nous avions connu, suivi par ce temps froid la nuit mais chaud le jour. Une de *ses* locataires n'avait-elle pas vu, dans un square, refleurir un cerisier ? La nature elle-même perdait la tête ! Nous passâmes au réchauffement de la planète et aux petits bonheurs ou soucis des gens de la maison. Elle en profita pour me lancer : « Je ne te surveille pas, mais il me semble que tu n'es pas souvent dans ta chambre. » J'avouai que, pour mieux m'occuper des affaires d'Anne, je m'étais installée chez elle et qu'à son récent coup de fil elle m'avait donné son accord. Ma grand-mère, ton sévère : « J'espère que tu y vis seule. Ce ne serait pas correct… » Il ne me restait plus qu'à prendre un air scandalisé d'être l'objet d'un tel soupçon, et de partir après avoir déposé un baiser un peu rapide sur son front dont j'avais enfin, me semblait-il, enlevé la ride des doutes.

À quinze heures, je me trouvais dans l'église, un peu en retrait du cercueil recouvert d'un drap noir. De chaque côté, quelques femmes dont une, petite et mince, tout en noir, dont je ne voyais pas le visage qu'elle tenait penché vers le sol, mais qui me parut âgée.

Anne avait deux églises favorites : l'église Saint-Pierre de Montmartre, cent fois rafistolée, disait-elle, mais où régnait encore l'esprit des lieux, celui des anciennes couventines. Elle aimait aller y réfléchir. Bien différente était cette église Saint-Jean qui lui évoquait une salle de théâtre. Pour oublier que je ne verrais plus ce vieil homme dont le numéro me consolait parfois de faire partie d'un spectacle minable, j'examinai le bâtiment. Anne avait raison, les murs, comme poudrés d'or et de couleurs vives, scintillaient et il y avait même des balcons et des lustres. Les vitraux renvoyaient une lumière si éclatante qu'on oubliait le ciel devenu gris d'un coup de vent en cet après-midi d'automne. C'était un beau cadre pour Louis que je voyais voltigeant d'un pilier à l'autre avec son chapeau claque sur la tête, ses cartons en main, percés de silhouettes d'oiseaux qui s'envolaient dans le chœur. J'en aurais presque oublié sa mort, mais quand le cercueil s'ébranla dans la fumée de l'encens et le chant funèbre du prêtre, suivi de la petite dame dont je voyais maintenant le visage fané, je me mis à pleurer. En passant près de moi, elle me regarda, étonnée, s'arrêta. Je bafouillai les condoléances de Mine, de la troupe. « Comment vous appelez-vous ? » me demanda-t-elle. Puis, me glissant une carte de visite dans la main : « Je l'accompagne dans le cimetière de son village. Je reviens dans trois jours. Venez me voir si vous voulez, il m'avait parlé de vous. » Et elle s'éloigna. Dehors, j'entendis démarrer le fourgon mortuaire. Le cimetière de son village ! Je pleurais de plus belle en pensant au corps d'Anne qui pourrissait je ne sais où.

Dès qu'arrivée dans son appartement, il me fallait m'user à quelque tâche matérielle pour calmer mes pensées qui, en flots boueux, me noyaient le cœur.

L'escabeau au pied des bibliothèques du bureau : ménage ! Ce serait plus vite fait qu'avec Anne et je pensais en terminer par les livres de sa chambre, dont les fameux dictionnaires qui, sans doute, iraient à la poubelle. Au coup de sonnette, je m'immobilisai : ouvrir ou non ? Sans faire de bruit, je descendis de mon perchoir et allai jusqu'à la porte pour y coller l'oreille, maudissant Anne de ne pas y avoir fait mettre un œilleton, ce que je lui avais conseillé cent fois. « Ça sert à quoi ? disait-elle. De toute façon, si la personne se tient contre, on ne la reconnaît pas. » Maintenant, on sonnait, à plusieurs reprises, on tambourinait. Une voix d'homme cria un prénom : « François ! » Le type des Lettres que je croyais, par le silence d'Anne, définitivement renvoyé à ses classes et ses lectures !

— Si tu ne réponds pas, cria-t-il, je défonce la porte ou préviens la police. Je sais que tu es là !

Comment avait-il pu deviner ?

— Ne vous énervez pas, dis-je, j'étais juchée sur un escabeau...

Il était grand, costaud, très brun.

— C'est vous, Carina ?

Décidément, il était sorcier ! Je dis oui et y allais de ma fable. Quand je parlai de l'Égypte, il baissa la tête, l'air inquiet.

— Avait-elle consulté un médecin dernièrement ?

Je fis l'ignorante. Il s'agaça.

— Puisque vous êtes chargée de faire le ménage et de classer ses papiers, vous avez bien trouvé un dossier avec des ordonnances, des radios, que sais-je !

— Oui, oui, vous avez raison. Elle a vu son médecin peu de temps avant son départ, mais les médicaments qu'il lui a prescrits étaient les mêmes que ceux dont elle a l'habitude. C'est moi qui a été les chercher. Rien de bien extraordinaire d'ailleurs. Vous savez, elle, c'était, c'est surtout médecines douces... Mais pourquoi ces questions sur sa santé ?

Comme s'il était chez lui, il alla s'affaler dans un fauteuil.

— Parce que l'Égypte, pour elle, est le symbole de sa fin. À croire qu'elle veut imiter Mitterrand. Je l'ai souvent charriée avec ça ! Fin de la vie, des amours... Si elle est partie pour l'Égypte, surtout maintenant, c'est très, très mauvais signe. Pourquoi ne m'a-t-elle pas prévenu ? Moi qui croyais qu'on se disait tout ! Ah la garce !

Son tourment me gagnait, j'en avais les larmes aux yeux. Quand il s'en rendit compte, il sembla se reprendre.

— Que faites-vous de son courrier ?

— Je... le lui retourne.

Son irritation monta d'un cran.

— Mais où, puisque vous prétendez ne pas avoir d'adresse ?

— Poste restante... au Caire.

— Et depuis qu'elle en est partie ?

— Au Caire, toujours.

— Où, au Caire ?

— Poste principale.

Heureusement qu'Anne m'avait demandé ce genre de service, il y avait deux ans environ, avant de partir pour la Grèce, sinon je n'y aurais pas pensé... François, de nouveau soucieux, monologuait.

— Donc, elle a dû recevoir mes lettres. Qu'elle n'y ait pas répondu est invraisemblable... À moins que sa décision de disparaître n'ait été prise de longue main. Elle aura pensé qu'à son silence, je comprendrais... Avez-vous trouvé un testament ? Connaissez-vous l'adresse de son notaire ?

Je répondis par la négative, ce qui redonna souffle à sa colère.

— C'est bien la peine, vraiment, qu'elle vous ait considérée comme sa fille ! Vous semblez ne vous inquiéter de rien, vous trouvez tout normal, cette fuite, cette coupure d'avec ses amis les plus chers. Vous ne savez rien, et ne cherchez pas à savoir !

Apprendrait-il un jour à quel point il avait été injuste ? Je n'eus qu'une ressource : me remettre à pleurer (« Petite pluie abat grand vent », dit ma grand-mère).

— Le testament, le notaire, cela nous servirait à quoi ? parvins-je à balbutier.

— On aurait appris du notaire la date à laquelle elle lui avait déposé ses dernières dispositions. On aurait pu alors en déduire son état d'esprit avant son départ.

Il avait parlé calmement et, me voyant toujours en larmes, il se leva, s'approcha de moi et me prit dans ses bras.

— Pardonnez-moi, Carina. J'ai été injuste. Ma colère, c'est contre elle. Cette façon de nous laisser tomber !

Il sentait le tabac blond et la lavande, la pression de ses mains contre mes épaules était douce. J'eus dans un moment de faiblesse, envie de lui faire confession pleine et entière (tiens, une expression religieuse que j'avais oubliée !), mais il se détacha de moi.

— Nous sommes deux malheureux, dit-il. Elle m'avait fait promettre, en cas de disparition, de s'occuper de tout ça (il me montrait les livres, les tableaux). Il y avait des dossiers à brûler, je ne sais lesquels. Elle m'avait dit que dans sa chambre, dans une bibliothèque, elle avait laissé une lettre pour moi avec toutes ses consignes... Sans doute m'a-t-elle donné d'autres précisions mais, vous le savez peut-être, quand un être aimé vous parle de sa mort, tout devient flou dans votre tête ; je ne voulais pas l'entendre. Pour moi, elle était immortelle ou, du moins, je pensais que, malgré notre différence d'âge, je partirais avant elle… En faisant son ménage, vous n'avez rien de vu de tel ?

Je fis signe que non. Puis :

— Comment avez-vous rencontré Anne ?

— De la même façon que la plupart de ses amis : j'avais lu un roman d'elle que j'avais beaucoup aimé. Je le lui ai écrit… Il y a très longtemps de cela. Longtemps après notre première rencontre, j'ai eu la surprise de découvrir qu'elle était la presque compagne d'Alexandre Péchalant, un écrivain pour lequel j'éprouvais une véritable vénération. L'apprenant, elle eut la bonté de me le faire connaître. J'ai plusieurs fois déjeuné avec eux. Le couple qu'elle formait avec lui me fascinait : fusionnel, mais sans que l'un écrase l'autre. Et ils étaient à la fois si profonds et si légers… Après la mort d'Alexandre, nous étions deux orphelins. Je crois que cela nous a encore rendus plus fraternels. J'aime Anne pour elle, pour lui. Et nous avons une totale confiance l'un en l'autre. J'ai même chez moi un double de ses clefs. Je ne m'en sers jamais, bien sûr. C'est juste au cas… Promettez-moi de m'appeler souvent pour me donner des nouvelles, et inscrivez-moi votre numéro de portable.

Je le fis à regret. À regret, car un doute me traversa (il avait ses clefs !) que je rejetai vite. Coupable, il ne se serait pas vanté de pouvoir entrer chez elle à sa guise ! Au vrai, je n'en pouvais plus de lui mentir. Dans d'autres circonstances, j'aurais essayé de séduire cet homme. Il aurait été mon professeur, mon ami… Avant de partir, il me demanda un whisky qu'il but d'un trait. Alors que sur le seuil, il m'embrassait, *Ahbon* sortit de chez elle, marmonna quelque chose comme « pute » entre ses dents. Regard d'inquisiteur. François voulut la rattraper dans l'escalier pour, sans doute, lui faire ravaler son injure, mais je le retins, lui faisant signe de se taire.

— Laissez, dis-je. Ce n'est pas grave venant d'elle.

— Anne m'a fait souvent rire, chuchota-t-il, en me racontant les faits, gestes et discours de cette dame. Comment l'appelait-elle, déjà ?

— *Ahbon*, dis-je en prenant un ton aigu et interrogatif.

— Oui, c'est ça ! Mais pourquoi parlons-nous d'Anne comme si elle était morte ? Elle est vivante ! Oui, Carina, il faut se dire qu'elle est vivante.

Contente qu'il soit parti avec ses questions, triste de me retrouver dans une situation sans issue, me racontant une fable avec François en preux chevalier me sauvant des périls où je m'étais fourrée, je recommençais à me décomposer, sans courage pour attaquer les bibliothèques. À quoi me servait de faire le ménage chez Anne, puisqu'il n'y avait plus de dossiers à ouvrir, sinon tenter, en vain, d'user mon angoisse ? Aller marcher sous la bruine qui ne cessait de tomber depuis le matin me paraissait plus judicieux. C'était sans compter sur Jules-Julie qui me sauta dessus dès qu'elle me vit.

— Alors, toujours pas là, ta patronne ? Tu parles de vacances ! Et toi, pendant tout ce temps, tu reçois ses visiteurs ! Remarque, il est beau gosse. Pas le même genre que l'autre. Plus jeune, moins élégant, moins collet monté. Mais quel gabarit ! Un jour, lui aussi, je l'ai dragué, pour voir, alors qu'il sortait de chez elle. Il m'a dit : « Désolé, je suis comme Baudelaire, je n'aime que les maigres. *La passion s'accroche aux angles !* Tu te rends compte, me citer du Baudelaire, à moi ! Je lui ai répondu : « Avec moi, la passion passe par les passes ! » Ça l'a fait rigoler. Ben, c'est pas aujourd'hui que j'vais faire fortune ! Avec ce foutu temps de chien ! Mais toi, t'as pas l'air dans ton assiette. Ça va pas ? Tu veux qu'on aille s'en j'ter un aux Abbesses ?

Je la remerciai, disant que j'étais pressée, que j'allais au cinéma.

— T'as tort, Carina, moi, des films, j'peux t'en faire voir, des noirs et des en couleur…

Ce qui l'amena au jeu de mots qu'on devine. Du coup, je suis descendue vers le boulevard de Clichy pour voir le programme du Pathé Wepler et suis tombée sur Bruno.

— Tu recommences à me faire la gueule ? dit-il. Qu'est-ce qui t'arrive ? On se voit plus.

J'en avais marre des questions que chacun me posait sur Anne. Je le lui dis.

— Quelles questions ? Moi je ne t'en pose qu'une : quand est-ce que tu viens me voir ?

— Les autres s'inquiètent.

— Quels autres ?

— Je t'en ai déjà parlé !

Je lui rapportai ce que m'avait dit Salem, ce que j'avais dû raconter à ma grand-mère, et la dernière visite, celle dudit François. Je tus mon entrevue avec l'éditeur : apprendre que j'avais déposé un manuscrit d'Anne dans sa maison d'édition, il m'aurait tuée !

— Ton histoire d'Égypte, c'est bien trouvé, mais qu'est-ce que tu fous chez elle en dehors de tes heures de ménage ?

— Je cherche.

— Tu cherches quoi ?

— Un indice.

— Tu te prends pour San Antonio !

Les *San Antonio*, ses seules lectures. Toute la série, qu'il lisait et relisait. Il en savait des répliques par cœur. Pas peu fier, quand je lui appris, ce que je tenais d'Anne, qu'on faisait des thèses sur lui en Sorbonne !

Il me prit le coude et m'emmena chez Wepler où, côté café, il commanda deux verres de beaujolais. Côté brasserie, des couples, des familles *entoilettés* (oui, je sais, ça ne se dit pas, et surtout ça ne s'écrit pas, mais ce mot signifie bien ce que je veux exprimer : chemise blanche, cravate, robe noire, corsage à plis et perlouses), donc les clients friqués. Débarrassés de leurs plateaux de fruits de mer, ils avaient le nez dans la chantilly de leurs glaces, bouteilles vides sur la table. Après le café, ils iraient voir les artistes de la place du Tertre. Moi, j'étais là, fautive, devant Bruno qui me houspillait.

— Qu'est-ce que je t'avais dit ? Tu ne changes rien à tes habitudes ! Deux heures le mardi, deux heures le vendredi. Tu ouvres les fenêtres, tu secoues des chiffons, tu fais les vitres et puis basta ! Quand on te demande où elle est, tu réponds : en voyage, c'est tout. Ça t'avance à quoi, cette fouille ? Tu as trouvé quelque chose ?

— Non, rien qui puisse révéler qui a fait ça. Mais un jour sa disparition sera évidente. Quelqu'un va la signaler et alors...

— Et alors, si ça arrive, aux flics, tu dis la même chose : elle est partie en voyage. C'est pas défendu, non ? Avant qu'ils se remuent, il passera de l'eau sous le pont. Les gens oublieront. Point barre.

— François, lui, il n'oubliera pas. Ni ma grand-mère. Ni...

— Carina, tu me gonfles ! Surtout, que je n'apprenne pas que, devant eux, tu as craqué, sinon...

— Sinon, quoi ?

Il prit soudain un air mauvais que je ne lui avais jamais vu et ricana :

— Surprise ! Allez, bois un coup, ça te donnera de la mine. Si tu voyais ta tête, t'as pris dix ans au moins, mais moi je sais comment te les enlever. Viens te pieuter ! Tu connais ma spécialité : la réparation !

Je n'ai pu que le suivre, dents et cul serrés. Il fit mine de ne pas s'en apercevoir.

Hier, j'ai laissé tomber mes patrons. Gueule de bois. Avant de me pousser au lit, Bruno, histoire de me requinquer, m'avait fait picoler et fumer des joints. Je ne me souviens plus, mais je crois que j'en ai fumé aussi après. J'ai le vague souvenir qu'en rentrant, j'ai croisé la petite Vietnamienne qui m'a demandé si je ne voulais pas qu'elle me raccompagne. J'ai dû dire oui car, lorsque je me suis réveillée, elle était à mes côtés, juste vêtue d'un slip noir affriolant. Quand elle me vit yeux ouverts, elle se pencha vers moi :

— T'étais pas bien cette nuit… Ton Bruno, il aurait pas dû te laisser rentrer toute seule.

Elle savait donc que j'étais chez Bruno ! Les putes du quartier, de vrais agents secrets ! Elle continuait de sa voix d'oiseau :

— Alors, Anne, elle est pas là ? Pas rentrée ? Ça fait longtemps qu'elle est partie… Moi, ze voyais de la lumière des fois la nuit, alors ze croyais… Toi, t'as ses clefs, alors tu viens dormir… C'est bien, t'es tranquille… Mais tu dors avec la lumière ? C'est zoli ici. Tous ces livres… Tu les as lus ? Mais ze t'embête. Tu veux du café ? Où c'est ?

Je lui indiquai d'une main molle la cuisine où je finis par la rejoindre.

— Fallait pas te lever, dit-elle en versant la boisson chaude dans une tasse. Ze te l'aurais porté.

Je réussis à dire qu'il fallait bien que je me secoue, que j'aille travailler.

— Ben, moi, ze vais aller me coucher, dit-elle, rires en cascades.

Quand, ayant remis sa robe de parade pailletée que dissimulait un ciré noir, elle s'apprêtait à partir, je la retins :

— Assieds-toi une minute. J'ai quelque chose à te demander. Tu l'as connue comment, Anne ?

— Des fois, elle allait au cinéma, au théâtre, ou dîner avec des amis. On se disait bonne nuit. Des fois, on a causé. Ze suis du nord du Vietnam. Elle connaissait des gens de chez moi, en France. Des réfugiés… Enfin, non, elle voulait pas qu'on dise comme ça. Elle disait…

Elle cherchait le mot en faisant claquer sa langue contre son palais, ses fins sourcils comme une barre noire sur sa peau maquillée très blanche. Je dis :

— Rapatriés ?

Son rire rejaillit.

— C'est ça ! Elle m'a donné un livre qu'elle avait écrit pour eux… Z'uis ai pas dit, z'avais honte, pis ze voulais pas lui faire chagrin, mais ze sais pas lire ! (Elle soupira.) Si ze savais lire, ze ferais pas ça !

Et elle me montra sa robe.

— Les flics, ils ne te font pas d'ennuis ?

Elle rougit.

— Au début, si. Maintenant, on a un… arrangement qu'ils disent.

— Tu crois qu'avec Jules-Julie, c'est pareil ?

— Oui, c'est pareil. C'est elle qui m'a dit. Elle est bonne, Zules-Zulie, très, très… Ze te laisse.

Je n'ai pas osé lui demander quel était *l'arrangement*. Gênée, elle me tendait la main. Je l'ai embrassée.

— Tu t'appelles comment ?

— Sophie. Toi, ze sais, c'est Carina. Anne, elle dit : « Carina, c'est un ange... » Eh ben tu sais, cette nuit, c'était pas ça ! Les clefs, tu les trouvais pas et après tu savais pas...

En faisant le geste d'ouvrir la porte, de nouveau, son rire.

— Merci, Sophie, si un jour tu as besoin...

— Oui, oui... Mais recommence pas. Anne, elle serait pas contente !

J'ai tout juste eu le courage de grimper sur l'escabeau et de commencer mollement le ménage des livres. Parfois, d'entre les pages de l'un ou l'autre, tombent de petites notes, des listes de courses, des adresses, une carte envoyée par un ou une amie, ornée de beaux timbres. Au dos, des formules bateau. Les pays visités sont toujours magnifiques, les découvertes qu'ils y font fantastiques, les habitants merveilleusement accueillants. Cela faisait rire Anne : « Pour le touriste moderne, le monde est fabuleux. Pour le voyageur, il en va peut-être autrement, mais y a-t-il encore des voyageurs ? Des jeunes, oui, mais eux n'envoient pas de cartes postales ! » L'une est tombée au pied de l'escabeau. Quand je l'ai ramassée, la signature m'a alertée : Matthieu ! Elle représentait une vue des bords de Seine, la nuit. Assise sur le tapis, je l'ai lue :

Qu'elle était belle, ma gitane, l'autre jour, dans le square Notre-Dame, assise sur ce banc, près de la statue de Goldoni, auteur pour qui elle a des faiblesses... Et que j'en avais pour elle ! Et soif d'elle ! Les dizaines de touristes japonais qui nous ont photographiés, étroitement enlacés, auraient-ils pu deviner que vous aviez enlevé votre slip de dentelle noire que vous aviez fourré dans ma poche pour que, loin de vous, je puisse cueillir à pleines mains votre odeur de femme ?

Je vous embrasse comme vous aimez.

D'un coup, comme dans un puzzle qu'on vient de terminer, une certitude. Oui, le Matthieu avec qui j'avais couché, l'homme dont j'avais entendu la voix sur le répondeur, celui de cette carte, le même ! Celui, sans doute, de la photo déchirée. Et qu'avait-il contenu, un temps, ce dossier rouge dont la couverture était ornée d'un grand « M. », où je n'avais trouvé qu'un récit trop bref d'une brève rencontre ? Des lettres de ce Matthieu qu'elle avait détruites ? Ma folle intuition ne m'avait pas trompée, il était déjà venu ici, il avait été l'amant d'Anne, c'était peut-être lui qui l'avait assommée. Bouche close, silencieusement, je hurlai de terreur. Je n'eus pas le courage de continuer mon ménage ni de rester un instant de plus dans cet appartement, je suis allée me boucler dans ma chambre, tentant en vain de me calmer.

J'ai fini par aller marcher au hasard des rues vidées de leurs touristes, les *aboyeurs* invitant de rares passants à des spectacles pornos ou à entrer dans des restaurants vides. Ivre de ce spectacle sinistre, j'allais m'écrouler sur un banc quand j'aperçus Baboul qui venait vers moi en tirant sa charrette pleine de vieux cartons, de fringues et de couvertures hors d'usage.

— Qu'est-ce que tu fous dehors par ce temps ? me demanda-t-il.

— Je crois que j'ai couché avec un assassin, dis-je.

— Ben, ce sont des choses qui arrivent. Regarde les femmes d'Henri VIII !

Je m'en foutais, des femmes d'Henri VIII. Il le comprit vite, me prit par le bras.

— Viens, il faut que tu manges quelque chose. Depuis quelque temps, chaque fois que je te croise, je te trouve un peu plus transparente. Un de ces jours, tu vas t'envoler comme un de ces ballons qu'on achète aux enfants. Ne crois pas que tu vas rejoindre les anges. Comme eux, tu crèveras dans l'ascension.

Il m'installa face à lui à une table d'hôte dans une sorte d'épicerie buvette de la rue Poulbot où il faisait chaud, pleine d'une population de jeunes et de vieillards, tous de pauvre mine et mise. De plus, affamés. On nous servit le menu unique : spaghettis sauce tomate, un morceau de pain, un litre de rouge.

— Mange, m'ordonna Baboul, après tu me raconteras.

À la première bouchée, je découvris que j'avais faim (la pitance avait un goût de boîte et le vin de tord-boyaux), mais je m'efforçai de mastiquer lentement car je me demandais quelle histoire j'allais inventer pour mon brave clodo. Ayant torché mon assiette et ne trouvant rien pour donner une suite à mes propos malheureux, je prétendis que c'était une affaire trop compliquée pour être exposée en lieu public et que j'avais sommeil – ce qui était vrai, le gros rouge ayant fait son effet.

— Bon, dit-il, je te raccompagne.

Grand Seigneur, malgré mes protestations, il paya la note. En route, il me demanda où je logeais. Je répondis :

— Chez Anne.

— Elle n'est pas encore rentrée ? C'est que je tiens à mon déjeuner d'hiver avec elle. On parle littérature.

À la porte, j'eus envie de lui proposer de monter, de prendre une douche, de dormir au sec. J'ai manqué de courage et lâchement, je l'ai laissé aller chercher un porche pour la nuit.

J'ai posé la carte postale de Matthieu bien en évidence sur le bureau d'Anne, et je suis allée me coucher non sans avoir éteint mon portable, décidée de ne pas le rouvrir. Trop de monde sur le répondeur ! Si ce Matthieu m'appelle, je suis morte. Comme Anne.

VII

À la maison d'édition, Robert avait retrouvé vie normale. Beaucoup d'agitation autour du lancement du roman de Gérard Frijolle qui, Hélène avait raison, se vendait mieux que le Monomotapa. En coulisse, on commençait à parler des prix de printemps. Cigare au bec, Robert multipliait les déjeuners dits *de copains,* que certains, comme en politique, qualifiaient *de coquins.* La République des Lettres connaissait, elle aussi, d'obscurs arrangements.

Un matin, pourtant, il ressortit le manuscrit d'Anne du coffre et appela Carina. Comme d'habitude, il dut laisser plusieurs messages avant d'avoir la voix fluette de la jeune femme. Il s'inquiéta d'abord aimablement de sa santé et, comme il lui fut répondu qu'elle toussait toujours, preuve à l'appui, il lui proposa une consultation chez un de ses amis, pneumologue et écrivain, à qui il allait téléphoner pour qu'il la reçoive en urgence car, en effet, cette petite toux sèche ne lui disait rien qui vaille. Il la rappellerait pour lui communiquer le jour et l'heure du rendez-vous.

— C'est que, avec mon travail... dit Carina, sur un ton plaintif.

— Ma chère enfant, votre santé d'abord !

Puis, sur un ton détaché :

— Toujours pas de nouvelles de notre voyageuse ?

Carina parut reprendre de l'assurance : non, mais elle avait des précisions apportées par deux amis d'Anne. Elle parla surtout de Salem (n'était-il pas un écrivain qu'Anne avait soutenu ?) et de l'étonnant discours qu'il lui avait tenu sur les tendances révolutionnaires de sa patronne-amie. Robert ne fit aucun commentaire, lui demandant simplement de lui préciser le nom de cet ami écrivain et le titre de son roman publié ailleurs.

Comme promis, il la rappela pour l'informer qu'elle serait reçue au domicile personnel du *grand patron* le samedi suivant, à treize heures. Qu'elle le tienne au courant du diagnostic. À peine avait-il raccroché qu'il appela le service « lectures ». Dans les fiches tenues sur les manuscrits, qu'on gardait un temps, il devait bien y avoir mention de celui d'un nommé Salem Bouriouni, *Les Dunes Bleues,* soutenu par Anne Dauvent. Qu'on lui donne l'adresse et le numéro de téléphone de l'auteur et, si ce tapuscrit n'avait pas été récupéré, qu'on le lui apporte.

Une demi-heure plus tard, une jeune assistante le lui déposa sur son bureau. Il lui demanda si, selon elle, ce roman avait été envoyé par la poste avec un mot de recommandation d'Anne ou s'il avait été apporté par elle. L'assistante eut un petit rire : tout le monde, dans le service, se souvenait de ce Salem ! Avec son tapuscrit, qu'il n'avait pas voulu laisser au secrétariat, se recommandant de Mme Dauvent, il était arrivé dans leur service une valise en main. Ouverte, des loukoums, des *tops,* des foulards et des cravates en soie, des bijoux et des parfums à des prix imbattables ! Et quel bagout ! Non, il n'y avait pas de traces écrites d'un soutien quelconque de Mme Dauvent, mais il leur avait longuement détaillé leur amitié et l'admiration qu'elle aurait eue pour son roman. Monique était passée dans le bureau au moment de la distribution de loukoums, dont elle s'était largement servie. Examinant le garçon, elle lui avait lancé son fameux « Toi, t'as une gueule d'écrivain ! » qui, paraît-il, déclenchait des vocations. Au vrai, pensait

Robert, la phrase magique attirait vers la maison des masses de manuscrits ineptes. L'assistante continua son récit, tout sourire : « Si Monique n'avait pas été appelée par Patrick pour un problème urgent – un des Mousquetaires avait été accusé de plagiat –, elle serait partie avec Salem boire un whisky au café du coin et elle lui aurait sûrement signé un contrat ! C'était un bon vendeur ! » Robert releva le mot « vendeur ». Le langage commerçant de Monique se répandait dans tous les services. Les livres étant devenus des produits périssables – les libraires, débordés, les retiraient rapidement des rayons pour renvoi à l'éditeur –, l'auteur, également vendeur, devait payer de sa personne auprès des clients. Ce langage, dans sa Maison, remplissait Robert de honte. Renvoyer Monique ? Sous quel prétexte ? Et il se mettrait tout le personnel à dos car à part quelques timorées, style Michèle, on l'adorait pour sa façon de traiter chacun en copain-copine, de payer des coups et de faire rire. La seule solution : faire le sourd, l'aveugle, jusqu'à ce qu'elle commette LA faute. Il l'espérait !

Dès que la jeune femme eut tourné les talons, Robert se plongea dans *Les Dunes Bleues*. Le soir même, il eut Salem au bout du fil.

Le lendemain, dix heures, celui-ci était dans son bureau, petite valise en main contenant des chemises – main sur le cœur – pure soie ! Tous les tons, toutes les tailles. Robert n'avait qu'à faire son choix. Pour lui, gratis ! Après s'être défendu de cette offre trop généreuse – « pour être honnête », pensait Robert –, il prit la seule chemise blanche du lot qui, heureusement, était à sa taille. Salem y joignit une cravate d'un rouge flamboyant.

— Ça relèvera un peu votre tenue, dit-il avant d'ajouter, du ton du professionnel : vous êtes bel homme. Vous devriez vous habiller plus jeune !

Robert lui fit signe de s'asseoir.

— Je ne sais si je puis vous offrir un verre d'alcool… Vous fumez ?

Salem se carra dans le fauteuil.

— Disons que je pratique ma religion avec modération… Je dis oui à vos deux questions.

Quand ils furent verre en main et que Robert eut préparé les deux cigares, tendant par-dessus son bureau celui de son visiteur :

— Jeune homme, si je m'habille en vieux, j'ai mes raisons. Il me faut en imposer à mes jeunes auteurs, parfois un peu frondeurs et, surtout, ne pas faire le jeunot devant les écrivains perclus par les années, souffrant de leurs misères physiques, encore plus d'être complètement ignorés par la génération montante. Mais je ne vous ai pas fait venir pour vous faire un discours sur mon métier d'éditeur. Par la jeune Carina, qui s'occupe de Mme Dauvent, j'ai appris votre amitié avec cette femme de talent, aussi qu'elle aurait soutenu votre tapuscrit *Les Dunes Bleues,* que nous avons refusé. Je n'avais pas été mis au courant de cette affaire, j'ai donc demandé qu'on le recherche dans les archives pour le cas où nous aurions fait une erreur de jugement. Vous avez de la chance, on allait y faire toilette et détruire tous ceux que leur auteur n'était pas venu récupérer.

Il souleva le dossier d'une centaine de pages posé devant lui et l'agita devant le nez de Salem.

— Je l'ai lu, cette nuit… Comment vous dire ? Il n'est pas sans intérêt. Vous y décrivez, de façon très juste, j'imagine, l'univers d'un milieu de jeunes drogués qui passent leur temps à se battre pour trouver leur consommation quotidienne de coke, puis à contempler non pas des éléphants mais des dunes bleues. C'est un peu répétitif et vous nous faites croire que c'est la seule représentation de la jeunesse d'aujourd'hui, pour laquelle il n'est point d'autres révoltes, non seulement possibles mais valables. N'est-ce pas un peu court, jeune homme ?

De toute évidence, Salem n'avait pas lu Rostand, car il n'eut pas le sourire entendu du « connaisseur ». Tout en vidant son verre, il se mit à faire l'éloge de son texte. Robert, attentif, souriant, faisait des signes approbateurs, puis, profitant d'une courte pause, il tendit le tapuscrit à son vis-à-vis.

— Vous devriez le revoir, en tenant compte de mes objections. Vous pourriez imaginer un héros différent, pourquoi pas un écrivain, comme vous... Vous me le rapporterez.

— C'est que j'en ai un autre, dit Salem en tirant de dessous les chemises et cravates qu'il avait remises dans la valise un dossier qu'il tendit à Robert. Il s'appelle *Les Loups sont là !*.

Robert le saisit, mine apparemment réjouie.

— Eh bien, nous allons voir ça ! Je suppose que notre bonne amie l'a lu...

— Oui. Très emballée, mais elle m'avait fait des remarques de style dont je n'ai pas tenu compte. Anne, elle ne comprend pas le langage des jeunes. Normal, à son âge !

— Et au mien ! dit Robert en riant. Soyez sans crainte, je le confierai à un lecteur de votre âge. Vous avez tenté de le faire éditer ailleurs ?

— Ici et là. Pas de réponse. J'en ai commencé un autre. Quand Anne sera rentrée...

— Vous savez quand ?

— Non. Anne, elle est imprévisible.

Et Robert qui la croyait si bien rangée ! Une idée lui vint. Il se leva.

— Jeune homme, dit-il, je pense d'un coup que j'ai à faire dans votre quartier. Je vous raccompagne ?

Salem boucla sa valise.

— C'est pas de refus ! Mais c'est que, dit-il d'une voix moins assurée, je ne peux pas vous faire monter chez moi, un tel foutoir ! Carina fait de temps en temps mon ménage, mais, l'autre jour, on a eu des mots, elle est partie sans le terminer.

— Ne vous inquiétez pas. Près de chez vous, il y a bien un café ? On prendra un pot, histoire de bavarder un peu, et je vous laisserai là.

Salem l'arrêta dans une petite rue en coude qui longeait une place minuscule. En son centre, un énorme chêne, des bancs. Un de ces lieux insolites du vieux Montmartre que Robert, comme bien d'autres, ignorait. Salem lui indiqua la porte d'une sorte de pub : Aux Belles Dames. L'endroit était plongé dans une agréable pénombre. Musique douce, fauteuils profonds, au bar, deux ravissantes jeunes femmes qui adressèrent à Salem des bonjours et sourires complices, alors que le patron, qui semblait somnoler devant ses bouteilles, se redressa.

— Salut, gamin !

— Vous connaissez les bons endroits ! lui dit Robert en prenant place devant un guéridon.

— Oh ! répondit le garçon, soudain modeste, je suis un vieux Montmartrois !

Une fille s'approcha de Robert, lui tendit la carte des whiskies et des cocktails. Il commanda un Negroni.

Salem de même. « Dans quel guêpier me suis-je fourré ? » pensa Robert. Puis s'adressant à son guide :

— Je suppose que notre amie Anne, elle, l'ignore.

— Mais je l'y ai emmenée ! Elle a bien sympathisé avec tout le monde ! (Il baissa la voix.) D'ailleurs, Anne, elle est copine avec toutes les putes du quartier. À croire que le sexe, du moins chez les autres, ça l'attire.

— Vous dites « chez les autres », mais elle ? demanda Robert, plein de honte pour cette question qui le faisait entrer avec Salem dans une relation de « mecs ».

Salem resta un moment silencieux.

— Difficile à dire... Je crois, pourtant, qu'après la mort d'Alexandre Péchalant, elle a eu une vie que je qualifierais de secrète.

— Cela signifie quoi ?

— Je ne sais pas... Si, pourtant : des jours où elle montrait une joie inexpliquée, d'autres une grande tristesse. À croire qu'elle était bipolaire. Pourtant, ce n'était pas ça... Et puis, une fois, je l'ai aperçue qui rentrait chez elle avec un type de belle allure. Après, je l'ai mise en boîte. Elle a rougi, une vraie jeune fille ! A prétendu que c'était un de ses amis pédés... Je ne l'ai pas crue.

— Sa femme de ménage doit savoir...

— Muette comme une tombe sur le sujet. Vous pensez bien que je l'ai cuisinée !

D'un coup, Robert vida son verre, paya. Il venait d'avoir une nouvelle idée pour ses recherches. Mauvaise idée, mais irrésistible : il venait de se souvenir que depuis la mort de son grand homme, la femme de Victor Voilin était venue habiter le même immeuble qu'Anne. Cette emmerdeuse ne le relançait-elle pas périodiquement pour une réédition des écrits de son mari ? Elle avait la réputation d'être une langue de vipère. Aller la voir. Lui raconter n'importe quoi.

— Je vous tiens au courant pour votre tapuscrit. Je file… J'allais oublier cette course.

Il laissa Salem, déconfit, ainsi que les filles.

— Ben dis donc, ton mec, plein de fric qu'on dirait, pour nous, c'est pas une affaire !

Robert sonna plusieurs fois chez Isolde Voilin avant que lui parvienne une voix de souris : « Qui est-ce ? » Il dut longuement parlementer avant d'entendre le grincement de verrous qu'on ouvrait et de voir, dans l'entrebâillement laissé par la chaîne de sûreté, une tête de vieille poupée qui lui faisait la leçon :

— Quand on est bien élevé – et je croyais que vous l'étiez –, on ne sonne pas, sans prévenir, chez une femme seule !

— Vous avez raison, ma bonne amie, dit-il prenant un air coupable. Je passais dans le quartier, j'ai eu très envie de parler avec vous et je n'avais pas votre numéro sur moi.

— C'est au sujet de la réédition des écrits de mon cher Victor ?

— Entre autres choses.

Elle ouvrit, mais debout, lui barrant le passage.

— Alors ?

— Ma chère amie, si vous me laissiez entrer, nous serions mieux…

Elle ne désarmait pas.

— Je vous ai laissé plusieurs fois des messages, à vous, à votre secrétaire, et vous ne m'avez pas répondu !

— Je vous explique : avant et après les prix, beaucoup de préoccupations. Plus que d'habitude. Le métier, vous savez… Une grande fatigue. Ma femme et mon toubib m'ont harcelé, j'ai dû prendre des congés. Mais je ne vous ai pas oubliée, la preuve.

Elle s'effaça, poussa la porte du salon.

— Ne faites pas attention, je rentre de vacances, je n'ai pas eu le temps de ranger !

Robert ne pensait pas découvrir un tel désordre : des vêtements, des chaussures, des sacs, des valises partout, manteaux de fourrure, robes du soir, sandales, combinaisons et culottes, trousses de maquillage, un ensemble de choses hétéroclites mélangées sur les meubles, le tapis. Le retour de vacances avait bon dos ! Ce devait être l'état habituel de l'appartement. Elle dégagea un fauteuil qu'elle lui désigna, alors qu'elle s'accroupissait à ses pieds, position qu'elle tenait, prétendait-elle, de sa vie au Japon, enfant, où son père avait été attaché d'ambassade. Victor Voilin étant aussi « du Quai », et ayant fait sa carrière en Asie, où il avait pris l'allure et les manières d'un vieux sage chinois, elle avait passé sa vie à minauder parmi des gens d'un autre monde, jouant la princesse russe ou chinoise et à maltraiter ses *boys*. Elle était d'ailleurs dans une sorte de pyjama de soie noir orné de dragons.

— Quand mettez-vous en réimpression ? J'ai pensé faire moi-même la préface, car qui mieux que moi...

Robert hocha la tête.

— Bien sûr, bien sûr. Nous parlerons de tout cela. Un peu plus tard. Je vous explique : comme tout grand écrivain, notre cher Victor doit, d'abord, passer par le purgatoire...

Elle dressa vers lui un visage de pomme ridée, voix suraiguë.

— Le purgatoire ? Qu'est-ce que vous me racontez ?

Il expliqua patiemment : Maurois, Mauriac, Proust lui-même ont connu, après leur mort, un temps de désaffection du public. Inutile de rééditer, de faire de la pub. Il faut attendre un événement, ou qu'un jeune critique découvre l'auteur. C'est alors une fusée qu'il faut saisir pour faire feu d'artifice.

— Et il faut attendre combien de temps ?

— Ah ! c'est très variable. Parfois plusieurs années, mais comptez sur moi, je veille !

— On peut bien provoquer la fusée, comme vous dites…

— Non, croyez-moi. Si on presse les choses, ça fait « pschitt » !

— Je ne vais pas attendre, cent sept ans !

Il se dit que cette expression, il y avait bien longtemps qu'il ne l'avait pas entendue, se récria :

— Je vous assure, ma bonne amie, que dès que j'aurai un étudiant sous la main, cultivé, bien sûr, ayant affaire avec les dieux, je lui parlerai des magnifiques textes de Victor sur cette déesse noire qui nourrit son œuvre. Mais, croyez-moi, ne nous pressons pas, un tel étudiant est, à l'heure actuelle, une perle rare.

— Ah, bon ! s'exclama-t-elle d'un ton qui révélait ses doutes.

Robert, se souvenant soudain qu'Anne lui donnait ce surnom, fut pris de fou rire et se mordit les lèvres, alors que, têtue, elle déclarait qu'elle allait bien trouver moyen de faire partir la fusée. Comme, à quatre pattes, derrière en l'air, elle tentait de se lever, montrant ainsi la fin de l'entretien, il lui tendit une main secourable. Décidé à mettre la conversation sur Anne, il n'hésita pas à se montrer franchement grossier :

— Ma chère amie, dit-il d'une voix enjôleuse, pardonnez-moi, mais, fatigué encore comme je suis, et par ce froid… je me souviens que notre cher Victor m'avait fait goûter un vieux rhum !

— En effet, dit-elle, debout, souffle court, ton indigné, vous ne manquez pas d'aplomb ! Je ne sais pas s'il en reste !

Oui, un fond de bouteille qu'elle lui versa dans un petit verre crasseux alors qu'elle se servait un Martini dans un grand.

— Ah ! Notre grand Victor ! soupira-t-il, se hâtant d'enchaîner, afin qu'elle ne puisse entonner comme à son habitude trop longue oraison funèbre. Et votre voisine, la romancière, quelles nouvelles ?

Elle l'examina, ton railleur :

— Vous n'en avez pas ? Vous m'étonnez !

Lui, s'efforçant d'être très à l'aise :

— Oh, vous savez, Anne Dauvent, elle se fait rare. Seulement quand elle publie. Et encore ! Souvent en voyage, je crois !

Elle émit un petit rire aigrelet :

— Oui, il paraît ! Et quand elle est là !

Lui, interrogateur :

— Vous voulez dire quoi ?

Elle, grande dame :

— Robert, la vie des autres ne me regarde pas !

— Mais encore ? Entre nous… Je vous jure !

Elle finit son Martini, s'en versa un autre, vint s'asseoir à côté de lui, sur une pile de chemisettes.

— Vous n'allez pas me croire…

Elle raconta… Selon ses dires, Anne ne cessait de recevoir des hommes de tout poil et de toutes conditions, plutôt jeunes et bien bâtis, « des apprentis romanciers, paraît-il, mon cher Robert ! Vous avez dû en entendre parler… » Oubliant qu'elle avait prétendu rentrer, depuis peu, de vacances, elle lui précisa qu'en l'absence d'Anne, sa femme de ménage recevait les mêmes.

— Pardonnez-moi de vous dire crûment les choses : un vrai bordel ! Il serait bon de prévenir la police.

Robert la pria de n'en rien faire. Il allait réfléchir, la tiendrait au courant. Ils se quittèrent, apparemment, les meilleurs amis du monde. Il n'allait pas rappeler à *Ahbon* les dîners que Victor et elle donnaient autrefois, dans leur immense appartement, terrasses ouvrant sur la tour Eiffel, qui se terminaient par des bains de champagne ! La tristesse lui revint quand, dans la rue, levant les yeux, il ne put s'empêcher de contempler les volets d'Anne fermés.

Bien qu'affichant mine sereine, le mutisme de Robert sur les événements du jour inquiéta sa femme qui, d'entrée, l'avait taquiné sur sa nouvelle tenue :

— D'où sors-tu cette chemise ? Cette cravate ? Te serais-tu changé chez une maîtresse ?

Il émit un rire gêné.

— Un jeune écrivant ! Aimable, déluré, un certain talent, mais surtout du bagout et du toupet. Un vendeur à la sauvette. Il a cru m'acheter avec ces fringues. Il a voulu que je les essaie. Pas eu le temps…

— Tu me laisseras ces horreurs. Je les donnerai à Léontine. Pour son mari.

Léontine était, depuis leur mariage, leur employée à plein temps. Ils l'appréciaient beaucoup. Elle leur servait de poubelle.

VIII

Je ne dors que par à-coups, mange n'importe quoi, n'importe quand. Une sorte de désespérance m'a prise qui me tient pourtant debout, raidie sur une seule idée : ne plus être là. Être où ? Je ne sais. C'est plutôt « être » qui devient un énorme problème pur moi.

J'ai fini par aller voir la femme de Louis après avoir pris rendez-vous. Petit appartement coquet d'une vieille maison, petit sourire éclairant un visage gris de teint, gris de cheveux, petits napperons sous les tasses à thé d'un service chinois aux tons fanés. Odeurs de jasmin et de poudre de riz.

— Oui, dit-elle, Louis m'avait parlé de vous, de votre grâce dans ce spectacle qui, d'après lui, en était démuni.

Je lui dis combien j'admirais et aimais son mari, que je ne faisais que par obligation financière des remplacements à La Cage de Vénus, qu'à tout prendre je préférais mon métier de femme de ménage. Elle eut un petit rire :

— Surtout quand on travaille chez une romancière !

Avalant ma première gorgée de thé, je m'étranglai de surprise. Elle posa sa main sur la mienne, crispée sur la table.

— Ne vous étonnez pas. Je vous explique. Louis était poète. Il avait publié trois recueils chez un petit éditeur de la Butte qui n'eurent qu'un public très restreint. Un soir qu'il se démaquillait dans la loge de La Cage de Vénus, avant de courir vers un nouveau cabaret où, en Méphisto, il devait présenter une autre attraction, une dame vint le voir pour lui faire son compliment. Elle se présenta. Il avait lu ses livres, les avait aimés. Le charme de cette personne a-t-il joué ? Toujours est-il que mon modeste et timide Louis a tiré de sa sacoche une plaquette de vers qui venait de sortir, qu'il destinait à un ami. Elle lui a demandé une dédicace, son adresse. Quelques jours plus tard, Louis reçut d'elle une lettre élogieuse accompagnée d'une invitation. C'est ainsi qu'ils se virent plusieurs fois, d'abord au café. Pour plaisanter, j'appelais leurs rencontres « les rendez-vous galants de Louis ». C'est au cours de leur dernier entretien qu'Anne Dauvent lui dit qu'elle avait cru reconnaître, dans un numéro assez vulgaire de La Cage de Vénus, une fille qu'elle employait pour son ménage mais qui, en réalité, était son amie, sa fille de cœur. Elle la décrivit ; c'était vous. Louis la rassura, lui disant combien par votre grâce, votre discrétion, vous étiez différente des autres.

Retenant à grand-peine les tremblements de mes mains, de mes jambes, de ma bouche, je demandai :

— C'était quand, ce dernier entretien ?

— Je ne puis vous dire exactement. Deux, trois mois... Après, il est arrivé une chose assez étrange. Ils avaient convenu de se revoir chez elle, le samedi, je crois, vers les dix-huit heures. Louis devait lui apporter un nouveau manuscrit pour en parler avec elle, avoir son sentiment sur de petits textes en prose qu'il avait tirés de carnets, une sorte de journal de vie. Il a sonné à l'heure dite, pas de réponse. Alors il est reparti bien déçu. Son amie Anne ne voulait pas le voir, il ne comprenait pas pourquoi. Il n'a pas osé se manifester à nouveau, attendant un signe d'elle qui n'est jamais venu.

— Ce jour-là, je crois, elle se préparait à partir en voyage. Un voyage décidé au dernier moment, ai-je réussi à dire.

— Elle en est revenue ?

— Pas encore.

— Quand elle rentrera, apprenez-lui que, hélas…

Je voulais respecter son émotion, mais me souvenant soudain que Matthieu m'avait dit, à notre première rencontre, qu'il avait « vu le spectacle il y a quelque temps avec une amie », je demandai :

— Votre mari vous a-t-il dit si elle était seule quand elle lui a fait visite dans sa loge ?

— Il ne m'a parlé que d'elle. Pardonnez-moi, mais vous en avez de drôles de questions ! ajouta-t-elle, l'air un peu inquiet.

— Je vous parais indiscrète ? Sans doute avez-vous raison. C'est qu'Anne n'est pas pour moi une patronne comme les autres. Une sorte de mère spirituelle. Elle m'a appris le peu que je sais de la vie, de moi, des autres. Comme elle est discrète, plus encore, secrète, parfois j'aimerais connaître mieux sa vie à elle. J'ai tort, n'est-ce pas ?

Elle me sourit.

— Dites-vous que vos plus proches vous resteront vos plus chers étrangers et que c'est bien ainsi.

Aphorisme que Anne aurait pu signer.

Dehors, j'ai marché, marché, dans les rues désertes, sur le tapis rouge doré des allées de squares aux pelouses humides. Il pleuvait. Je pleurais.

Hier, j'ai ouvert mon portable pour voir si j'avais des messages de mes divers patrons. D'eux, rien, mais un de Matthieu, un de François, un de Salem qui voulait me voir. J'ai tout ignoré. Sortie de la maison médicale, je suis allée lire le journal en buvant mon café dans un bol ébréché sur une table de jardin bancale au Temps des Cerises, où de rares touristes américains tartinaient, ravis, du beurre dit *de ferme* et de la confiture dite *maison* sur de grandes tranches de pain obligatoirement *de campagne*. Montmartre n'est-il pas un village où tout est authentique ? Authentiquement faux, comme le Louis XV des antiquaires et les Utrillo des galeries ! Montmartre, c'est le Toto soldes de l'art.

Prenant mon courage à deux mains, je suis allée déjeuner chez ma grand-mère. Là, l'atmosphère tourna d'entrée au drame.

— Tu as vu ta tête ? Ton corps ? Tu deviens ab... aborexite, comme ils disent. Je te préviens, je vais te faire hospitaliser !

Je lui promis de me reposer, de manger, de boire ses potions, de lui obéir en tout. Elle continua à me faire un œil torve et en revint à son dada : Anne !

— Et elle, qu'est-ce qu'elle devient dans ce pays pas chrétien ?

Je fis un geste vague.

— D'habitude, insista-t-elle, de partout, de Tunisie, d'Égypte, de Turquie, d'Espagne et d'ailleurs, j'ai toujours reçu de ses nouvelles. Je n'y crois pas à ton histoire de lettres égarées, de timbres qu'on pique. C'est depuis qu'elle est partie que tu décolles. Je vois bien que tu me mens. D'ailleurs, j'ai fait mon tarot. La mort est sur elle... Dès demain, je vais à la police.

C'est en vain que je lui démontrais le ridicule de sa démarche. Je n'avais plus qu'une solution : mentir encore.

— Hier, j'ai eu des nouvelles d'elle. Ce fut rapide, mais elle va bien.

— Pourquoi tu ne me l'as pas dit tout de suite ? Qu'est-ce que c'est que ces cachotteries ? Je ne peux plus les supporter. Je te le redis : je vais aller voir le commissaire. Je le connais bien, je lui ai souvent parlé des livres d'Anne. Je lui ai même demandé un renseignement pour elle, tu sais, pour ce roman qui se passe en Tunisie, qui commence par la découverte du cadavre d'une femme sur une plage. C'est pas un roman policier mais... Comment qu'on dit ? Un frileur, je crois, psychologique.

J'avais fermé les yeux, je me sentais glisser dans un univers cotonneux quand un verre d'eau, des gifles me ranimèrent. Et la voix de ma grand-mère pour une fois sans pitié.

— Bon, tu reviens ! Bois ça ! Dis-moi, pourquoi tu tournes de l'œil quand je parle du commissaire ?

Je lui jurais que c'était la venue de mes règles, qu'Anne allait bien, que son voyage se terminait, qu'elle allait revenir. J'avais l'impression d'escalader depuis des jours une paroi rocheuse et que, dès que j'agrippais une roche, elle s'effondrait. Je montai dans ma chambre, débouchai une bouteille de whisky, en but une bonne rasade avant de me glisser sous ma couette. Mon corps s'y tournait et retournait. Et mes pensées dans ma tête. Je finis par tomber dans un gouffre de nuit. C'est mon réveil qui m'a tirée du lit, courbatue. (Je sais qu'on ne dit pas *courbaturée*.)

Chez Nicolas Dereigne, autre chanson. Silencieux, buvant son café, assis devant moi alors que j'épluchais les légumes de sa soupe, il me regardait fixement.

— Vous avez bien changé, mon enfant.

Je levai le nez, surprise.

— Changé ? En quoi ?

— En tout.

Nous reprîmes nos méditations chacun de notre côté, puis il s'expliqua.

— Vous avez beaucoup maigri ces temps-ci, et portez triste mine. Je ne veux pas être indiscret, mais auriez-vous des chagrins ?

— Pas des chagrins, dis-je, des soucis : un couple pour lequel je travaillais n'a plus besoin de moi. Il me faut rechercher du travail.

— Ces personnes vous prenaient combien d'heures ?

— Six.

— Bigre ! C'est trop pour moi, mais deux supplémentaires seraient possibles.

— Que ferais-je de plus chez vous où je ne peux toucher à rien en dehors de la cuisine ?

Il soupira.

— Il me faut devenir raisonnable, entreprendre le rangement de mes dossiers, de mes livres. Vous m'aideriez... (Je me gardai de lui dire que des livres, des dossiers, j'en avais ma claque !) J'y pense, j'ai une vieille amie – elle travaillait avec moi aux Archives –, qui commence à sentir les atteintes de l'âge, peut-être pourriez-vous lui rendre quelques services ? Je vais lui en parler.

Comme je le remerciais, il eut un petit rire :

— Beau cadeau, en effet, deux vieillards maniaques et cacochymes ! Vous méritez mieux. Et que devient votre romancière ? Que raconte-t-elle de ses voyages ?

Quand je lui parlai de l'Égypte, nous en eûmes pour la matinée avec des citations qu'il me fit du *Livre des Morts* auxquelles, je l'avoue avec grande honte, je ne compris pas grand-chose, mais je me dis que j'avais vu ce livre chez Anne et que je pourrais le consulter. Chez Anne, il ne fallait plus que je m'y attarde. J'y reviens pourtant.

Dès l'après-midi, assise sur son lit, j'ouvris les messages que j'avais voulu ignorer. François me disait qu'il viendrait chez Anne pendant ses vacances de fin d'année si, bien sûr, j'étais libre et elle, absente. Il précisa, ce qui était vrai, qu'elle s'arrangeait toujours pour passer ailleurs cette période de flonflons où, à Montmartre, l'artifice était encore plus visible dans le vulgaire que partout ailleurs. Matthieu, lui, m'annonçait qu'il viendrait m'attendre le vendredi 10 décembre à La Cage de Vénus, après le spectacle. Il s'était renseigné auprès de la direction ; ce soir-là, je jouais. La frousse en moi le disputait à la colère : ce type montrait un toupet qui me coupait le souffle. Mine ne laisserait pas ma vie privée s'immiscer dans celle de la troupe, comme elle disait, sans réagir. En effet, il y avait un troisième message, émanant d'elle, du matin même. D'une voix sèche, elle me demandait de remplacer Youki du 8 au 17 décembre, précisant que le 8, je me présente à son bureau dès vingt heures… Quelles explication et excuse lui donner ? Là n'était pas ce qui me préoccupait le plus. Mais plutôt : quelle conduite tenir avec Matthieu ? Quitter la salle, changer de fringues dans les couloirs, prendre la sortie de secours ? Ce n'était que retarder la confrontation. L'amener dans un café, lui disant qu'Anne était rentrée, et voir sa tête ? Chez elle, lui montrer la carte, le mettre au pied du mur ? En aurais-je le courage ? S'il l'avait tuée, il pouvait commettre un nouveau crime. Soudain, l'idée que cet homme avait assommé Anne me parut si grotesque que je fus secouée d'un rire nerveux. Une question qui ne m'était jamais venue à l'esprit s'imposa : pourquoi l'aurait-il fait ? En vain, je me repassais les films que j'avais élaborés en hâte, à partir de faibles indices, autour d'elle et de lui, comme pour me débarrasser d'une trop lourde culpabilité. Je n'étais plus sûre de rien.

Dans une vie où je flotte de plus en plus, une chose est sûre : je suis virée de La Cage de Vénus. Quand j'entrai dans le bureau de Mine, elle ajustait son faux chignon devant la glace. Pas un sourire, pas un geste d'accueil.

— Qui est ce type qui court après toi ? Un admirateur ? Un amoureux transi ? Un amant ? Il prétend que ton portable est toujours sur répondeur. Tu connais notre accord : pas de mélange entre la vie privée et le travail, pas d'histoire de cul avec un client !

J'avais eu le temps de préparer mon couplet.

— Rien de tout cela, je vous assure, Madame. Ce monsieur connaît bien une de mes patronnes, l'écrivaine...

— Oui, je sais. C'est ta gloire de lui faire son ménage ! Et après ?

— Elle est partie en vacances, elle ne lui donne pas de nouvelles ; il s'inquiète. Deux fois déjà, il est venu m'attendre à la sortie pour m'en demander. C'est tout.

Ses mains reposaient maintenant sur la table de toilette. Nous nous dévisagions l'une l'autre dans le miroir, elle, très légèrement dédaigneuse, moi, tentant en vain de maîtriser ce tic qui me fait battre un muscle à côté de la bouche comme si un deuxième cœur s'y réveille, gros de mes peurs, de mes chagrins.

— Tu t'es regardée, finit-elle par dire ? Non, tu t'es pas regardée ! Youki étant une nouvelle fois obligée de s'occuper de son gosse, je te garde jusqu'à la fin de la semaine. Après, tu portes tes os ailleurs. Je n'ignore pas cette nouvelle fureur de la mode pour les squelettes ambulants. Pas chez moi ! Tu étais juste ce qu'il fallait quand je t'ai embauchée, mais tu as perdu combien : dix, quinze kilos ?

J'aurais voulu me révolter ou chercher à l'attendrir. Je n'ai pas pu. Ne me déclarait-elle pas : « Inutile de discuter. J'ai trouvé quelqu'un d'autre » ? Je ne l'entendais plus. Je restai là, debout, derrière elle, avec une folle envie de l'étrangler... Je me voyais m'approcher du pouf où elle était assise, tendre les bras... Une jouissance inconnue m'enflammait le ventre. Que vit-elle dans mon regard ? Elle se retourna vers moi, esquissa un léger sourire :

— Dimanche soir, je te donnerai ton compte. Un bon compte, tu verras. Tu pourras te reposer, te remplumer. Dans quelques mois, prends rendez-vous. Nous verrons où nous en sommes, toi et moi. Maintenant, va te préparer et ne t'en fais pas, tu es jeune...

Je sortis lentement. Non, je n'ai pas claqué la porte, mais après j'ai exécuté mon numéro avec encore moins de plaisir que d'habitude. Dehors, il faisait froid. Je méditais sur cette jouissance mauvaise qui m'avait saisie au corps à l'idée de la tuer, tout en prenant le chemin des immeubles vides, des jardins, des cours à poubelles qui me conduisaient secrètement à ma chambre. Dans mon lit, yeux grands ouverts, je me suis dit que je n'avais plus rien à perdre : j'emmènerais Matthieu chez Anne.

Vendredi soir, il m'attendait comme prévu et, comme j'en avais décidé, direction l'appartement d'Anne. Il me tenait la main. L'un et l'autre silencieux. Je ne sais à quoi il pensait, mais moi, j'étais concentrée sur l'idée qu'il faudrait me défendre, peut-être corps à corps, et comme lors de ma confrontation avec Mine, je sentais une terreur voluptueuse m'envahir dans l'attrait qu'exerçait sur moi la violence. Je tentais de me faire rire, me disant qu'enfin, il allait me faire jouir ! Chez elle, alors qu'il venait de jeter sur un fauteuil sa veste de cuir et commençait à retirer son pull, je l'interpellai, la carte tendue vers lui :

— Pouvez-vous m'expliquer ce que cela signifie ?

Il resta un instant stupéfait, un bras hors de la manche du lainage, puis il bredouilla :

— Je ne comprends pas... Que voulez-vous dire ? Des Matthieu, il y en a d'autres !

— Oui, dis-je, mais vous êtes celui qui a signé. Vous connaissiez Anne. Vous connaissiez cet appartement. Vous avez été son amant. Le 4 août, vous aviez rendez-vous avec elle. Pourquoi m'avoir menti, avoir prétendu être un admirateur de ma misérable prestation alors que vous vouliez savoir ce qu'il était advenu de son (j'ai failli dire *corps*, mais me suis reprise), ce qu'il était advenu d'elle ?

Il sembla peu à peu reprendre contenance, rajusta son pull, se carra dans le fauteuil. D'un ton badin :

— Je suis flatté. Vous me faites une scène de jalousie ! Peut-être pourriez-vous aller chercher une bouteille de vin afin que nous puissions causer tranquilles ?

— Vous savez certainement où Anne range ses bouteilles, le tire-bouchon et les verres !

— Je ne le nierai pas.

Il revint, plateau chargé, une serviette sur le bras, nous servit l'air et le ton rigolard quand, saisissant la carte que j'avais jetée sur le guéridon, il la relut.

– Belle littérature n'est-ce pas ? Pauvres hommes, que de bêtises peut nous faire dire notre queue !

Puis, avant que j'aie pu faire un geste, il la déchira, mit les morceaux dans sa poche, redevint sérieux.

— Je ne suis pas obligé de vous répondre. Vous n'êtes pas ma femme. Mais je vais quand même le faire, car je sais qu'Anne vous aime bien et parce que j'ai quelque faiblesse pour votre peau. Oui, je vous ai menti. Pas comme vous l'imaginez. J'ai eu, il y a longtemps, une très courte histoire avec Anne. J'admirais la romancière, mais rien ne se serait passé entre nous si elle ne s'était éprise violemment de moi. Cet aveu doit vous paraître celui d'un bellâtre ; pourtant, il en fut ainsi, hélas. Et, encore hélas, je fus gagné par ce magnétisme que dégagent les femmes passionnées. Ses lettres, surtout, m'étaient une drogue : la religieuse portugaise n'en a pas écrit de plus intenses, de plus brûlantes. Heureusement, je ne les avais pas longtemps sous les yeux car, par prudence, elle me les envoyait à une poste restante loin de mon domicile et je les lui rendais au rendez-vous suivant. Qu'en a-t-elle fait ? Les a-t-elle déchirées, les a-t-elle gardées pour pimenter un roman ? Réflexion faite, je crois qu'après la mort d'Alexandre Péchalant, elle a connu des années de deuil où elle avait cru la femme désirante enterrée avec lui. Celle-ci avait surgi, revendiquant sa part de chair fraîche ! Ou c'est peut-être la romancière qui avait besoin de feu pour réchauffer son inspiration… Elle aimait citer la phrase d'un ami : « Je tombai amoureux… Soyons honnêtes : j'avais envie d'écrire un roman. » Avec les écrivains, on peut s'attendre à tout, surtout au pire. Moi, pour ne pas être piégé, je répondais à ce courrier passionné par des discours philosophiques qui l'irritaient au plus haut point. D'où des heurts qui très vite me lassèrent. Quelques années plus tard, nous nous revîmes par hasard dans un café où on fêtait un de nos amis communs, poète. Oh, ce ne fut pas une amitié sereine ! Nous avions parfois des discussions qui tournaient à l'aigre sur nos philosophies de vie bien différentes. Je suis un rationnel farouche ; elle, si elle n'est pas en partance pour quelque pays arabe, elle rêve sa vie tout éveillée, fréquente des contrées de l'esprit où je ne la suis pas, mais notre amour commun de la littérature nous a toujours rapprochés. Et puis, comment dire, il y avait, et c'est assez risible étant donné la durée très courte de notre relation amoureuse, cette tendresse qui, dit-on, lie certains vieux couples, le désir éteint. Aussi une complicité quand nous nous accordions des escapades. Certains soirs où j'étais libre, elle m'emmenait au Lapin agile ; pour contenter mon voyeurisme, elle m'accompagnait dans des boîtes de strip-tease. C'est dans cet esprit que nous sommes allés à La Cage de Vénus. Je me souviens fort bien de ce soir-là. Anne soupirait contre la vulgarité du spectacle quand soudain elle m'enleva des mains les jumelles que j'emportais toujours dans ce genre d'endroits et que je tenais braquées sur votre silhouette androgyne rampant dans une toile d'araignée. Avant moi, et sans jumelles, elle venait de vous découvrir mais, n'en croyant pas ses yeux, comme on dit, elle voulait s'assurer qu'il s'agissait bien de vous. Je ne comprenais rien à ce qu'elle me chuchotait ni le pourquoi de son agitation. La semaine suivante, nous retournâmes dans ce cabaret. Vous ne faisiez pas partie du spectacle et j'en fus déçu. Après un numéro fort délicat d'ombres chinoises, elle se leva, je la suivis, lui demandant quelles étaient ses intentions. Elle ne me répondit pas, visage fermé sur une colère muette. Au fond de la salle, un serveur nous indiqua le chemin des loges et c'est ainsi que nous nous trouvâmes, au milieu de plumes, accoutrements divers, perruques, masques et boîtes de maquillage, près d'un vieil homme affublé d'un costume de diable, tout surpris des compliments d'Anne. Il était poète, je crois, et lui refila une plaquette de vers qu'il venait de faire éditer. Je constatai avec surprise que notre amie voulait surtout le faire parler de vous. À la sortie, je lui redemandai des explications. Plutôt que de me répondre, elle m'entraîna chez elle, ce qu'elle n'avait jamais fait depuis la fin de notre… puis-je dire : liaison ? Dans cette pièce, moi dans ce fauteuil, elle debout, passant de la colère à la tristesse, elle me dévida votre histoire commune, vos liens de parenté fantasmés. Elle me dit son incompréhension de vous voir jouer dans cette revue. J'essayai de la calmer, de la faire rire. « Allons, lui disais-je, vous n'allez pas en faire un drame ! Cette petite est mignonne à croquer. Un vieux chat comme moi s'en régalerait. Si elle se sert de son corps pour se faire un peu de sous, où est le mal ? Mettez-vous à sa place et à son âge : il est plus agréable de faire valoir ses avantages que de passer la serpillière ! » Je ne réussis qu'à la faire pleurer. « Que j'ai honte ! disait-elle. Apparemment, je la considère comme ma fille, mais qu'ai-je fait vraiment pour elle, à part lui apprendre quelques notions de grammaire ? Au fond, cela m'arrangeait qu'elle reste dans son état et qu'en plus elle me soit reconnaissante : j'étais une bonne patronne ! Tout cela sent l'esclavagiste… Ai-je aimé les gens que je disais aimer ? Toujours ce noyau dur dans lequel je me suis enfermée, la littérature me tenant lieu de bonne conscience. Si je l'avais aimée totalement… » Je la pris dans mes bras, allai m'étendre avec elle sur son lit où nous passâmes la nuit tout habillés et fort chastement, je vous assure. Elle s'endormit d'un coup dans ses larmes. Moi, je restai éveillé. Puis-je vous l'avouer ? Je me plaisais à vous imaginer au lit avec nous, maîtresse des plaisirs…

En d'autres temps, cet aveu m'aurait sans doute troublée, et m'auraient bouleversée les propos d'Anne, mais j'enregistrai son récit d'un esprit froid. Je cherchais en vain la faille : tout concordait avec les quelques pages que j'avais trouvées dans le dossier « M. », aussi avec ce que la femme de Louis m'avait raconté. Mais après ?

— Après cette nuit chaste, vous avez revu Anne ?

— De temps à autre. Pas depuis quelques mois. Je passe mes vacances d'été dans ma famille, en Bretagne.

— Seul ?

Il eut une légère hésitation, nous resservit en vin, reprit un ton badin.

— C'est un véritable interrogatoire de police ! Allez-vous me passer les menottes ? Ce jeu ne saurait me déplaire… Non, mademoiselle la curieuse, pas seul. Avec ma femme.

— Vous faites partie de ces hommes mariés qui ne portent pas d'alliance ou pas toujours.

— Moi, c'est jamais. Ma femme non plus. Nous trouvons cela ringard. Nous sommes un couple, certes, mais un couple libre.

— Votre femme connaît donc votre histoire avec Anne ?

Son ton aimable devint sec et son œil sévère.

— Où voulez-vous en venir ? Cela ne vous regarde pas !

— Je vois. Vous êtes libre : pas d'alliance, pas de lien, mais la chaîne au pied !

Il saisit sa veste pour partir.

— On voit que vous avez été à bonne école, celle d'Anne : la réplique assassine !

Dressée devant lui :

— Une chose encore. N'êtes-vous pas revenu à Paris début août ?

Il cria :

— Non ! Je suis rentré le 10 septembre, très exactement. J'ai téléphoné à Anne peu après, suis tombé sur le répondeur. Après, plus moyen de la joindre ! J'ai pensé à vous et voilà... Vous êtes contente ? Vous avez les réponses à toutes vos questions ? Je peux partir ?

Je m'effaçai pour le laisser passer.

— Décidément, lança-t-il en guise d'au revoir, le moraliste qui a écrit que toutes les femmes étaient folles avait raison !

À la porte, il se ravisa.

— Je passerai un de ces soirs à La Cage de Vénus prendre des nouvelles.

— Inutile. À cause de vous, dis-je, toute fière de mon mensonge, j'ai été mise à la porte.

Il revint dans le bureau.

— À cause de moi ?

— Oui. De votre appel. La directrice de l'établissement nous interdit tout rapport avec les clients.

— Vous n'allez pas me faire croire que cette boîte est un couvent !

— Ça y ressemble...

Bras ballants, tête basse, il répéta plusieurs fois :

— Je suis désolé, désolé, vraiment ! Puis-je faire quelque chose ? Voulez-vous que j'aille trouver cette dame, que je lui explique...

— La place est prise. Elle a engagé quelqu'un.

Du coup, il s'affala dans le fauteuil, remplit son verre, le vida, *plongé dans des abîmes de perplexité,* comme on ne doit pas écrire selon Anne. Quand il s'en extirpa :

— Anne va bien finir par rentrer ! Dites-lui qu'elle me prévienne par... oui... par le moyen qu'elle utilisait autrefois. Nous prendrons rendez-vous et, ensemble, nous trouverons une solution pour vous.

— Il faudra donc que je lui raconte tout ?

— Tout, peut-être pas... Ce qui est racontable ! Cela l'amusera... Le côté romanesque...

De nouveau, content de lui, il se releva, me baisa légèrement la bouche :

— Je ne sais si nous nous reverrons, Vicky. Sachez que vous m'avez fait, que vous me ferez encore beaucoup rêver. Je ne vous oublierai pas.

Rideau ! L'énigme n'était pas résolue. J'en suis encore à me demander si l'homme sincère qu'il m'a montré ne cache pas un criminel. Et il y a ces deux mots qui ne cessent de tourner dans ma tête : « réplique assassine ». Anne lui en aurait-elle, le 4 août, jeté une au visage à laquelle il aurait répondu de la façon que l'on sait ?

Revenant sur cette soirée par l'écriture, ma cuirasse tombée, je repense aux propos qu'Anne lui aurait tenus après m'avoir découverte à La Cage de Vénus et de ma réaction quand elle m'en a parlé. Quel malentendu entre nous ! Le remords me fait mordre les lèvres au sang ! Je pleure rouge…

IX

Noël, les fêtes. Les rendez-vous pour les prix de printemps. Robert détestait cette période où le clinquant se mêlait à l'intrigue, aux fausses manifestations d'amitié et d'affection familiale. Pour lui, comme d'habitude, il faudrait passer quelques jours au Cap d'Antibes où les parents de sa femme s'étaient réfugiés contre les troubles de la vieillesse, en profiter pour visiter quelques membres de jury qui y avaient villa... Successions de corvées !

Il avait remis le manuscrit d'Anne dans le coffre. Il verrait avec elle à quelle date prévoir la sortie du livre. Courant janvier, elle serait certainement rentrée. Il savait que, semblable à lui, à bien d'autres qui ne pouvaient le dire, elle n'aimait pas les prétendues « fêtes ». Seule, elle pouvait se permettre de fuir la foule, de chercher refuge dans quelque désert... Seule, l'était-elle vraiment ? Sans ajouter foi aux divagations de *Ahbon,* ni au portrait de pétroleuse que Salem lui avait fait d'elle, il restait troublé. Il y pensait souvent. Trop. Ne l'évoquant plus qu'accompagnée de ce bel homme, cet ami homo, disait-elle. Jalousie ? Il s'en défendait. Comment nommer alors ce sentiment constant de lassitude qui transformait toutes ses journées en *grisailles,* pour reprendre le terme des peintres d'autrefois, ornant parfois le dos de leurs tableaux de scènes dont les couleurs de la vie avaient disparu ? Inutile de rappeler une fois de plus Carina. Elle ne répondait plus. Il savait, par son ami médecin, qu'elle ne l'avait pas consulté pour sa toux.

Dans les coulisses de chez Masson, on bavardait. Le patron couvait quelque chose. Certains parlaient de déprime, d'autres de cancer. La prostate, bien sûr ! Son directeur littéraire, Patrick Bélier, qui rêvait de devenir directeur général, commençait à faire sa cour au distributeur et aux banquiers : Robert avait fait son temps. Tout en gardant le trône et la couronne, il pouvait passer la main... La preuve de son désintérêt pour sa Maison ? Un matin, l'ayant coincé dès son arrivé au bureau, Patrick avait évoqué, entre café et cigare, l'obligation dans laquelle la Maison se trouvait d'obtenir un grand prix, l'année suivante, si la marque Masson voulait continuer à tenir le haut du pavé. Dans ce genre de conquête, il fallait tôt prévoir une stratégie, placer ses troupes. Robert avait gardé son air ennuyé :

— Je rends grâce à votre dévouement, mais ne nous précipitons pas pour disposer nos pions ! Nous ne savons pas qui, dans les jurys, sera vivant ou mort ! Quels livres nos confrères vont sortir...

Patrick Bélier pouffa, l'air malin.

— Ne vous inquiétez pas, patron. Mon plan concerne un homme jeune et en parfaite santé : le nouveau président du Monomotapa lui-même !

— Vous plaisantez ! Vous savez bien que si Pascal Lescot a été nommé par les jurés du Monomotapa, bien que les deux petits romans qu'il a pondus, publiés chez un de ses copains, éditeur à Tartempion, soient sans intérêt, c'est que, bon critique, il est connu pour son intégrité ! Comme ils veulent se refaire une virginité, ils l'ont mis président. Ce n'est pas à ce poste qu'il va se compromettre.

Patrick, se penchant au-dessus du bureau, baissa la voix.

— Je me suis renseigné, il termine un troisième roman. Personne n'est encore au courant. Ici, nous lui offrons publication avec une avance sur droits. Normal. Que du parfaitement correct. Mais on lui paie le prix des Journalistes. Et ça, on le lui laisse vaguement entendre : pas qu'on lui paie, mais qu'il le mérite. D'autant plus que de journaliste, il est devenu écrivain ! Ça fait deux ans qu'on ne l'a pas eu, ce prix, c'est notre tour.

Robert tira quelques bouffées de son cigare.

— S'il est vraiment intègre, il restera chez son copain, car il est au courant des connivences que vous avez établies avec les jurés.

Patrick ne releva ni le vous ni le vocable *connivence,* euphémisme voilant la remise de chèque, parfois à quatre chiffres, pour des préfaces d'une page ou des à-valoir pour des romans inexistants. Il poursuivit, toujours sur le ton de la confidence.

— Patron, quand on l'aura comme auteur maison et avec un prix, dès son arrivée, tout intègre qu'il soit, il devra bien nous remercier ! Et, pour le séduire, nous avons notre atout : Monique. Elle a un ticket avec lui.

— Vous plaisantez !

— Vous n'avez pas remarqué ? Elle fait un régime, boit moins, s'est fait faire des mèches...

— Si vous croyez que je m'intéresse au physique de cette dame...

— Il n'y a pas que ça ! Quand je lui ai parlé de ce coup à faire, elle m'a raconté...

Patrick se lança dans d'obscures histoires de cousinage. Petits, elle et Pascal auraient joué au docteur dans les greniers d'une vaste maison familiale du côté de Lyon : des choses qui ne s'oublient pas. Un dîner avec lui, tête à tête. Elle lui rappelle ces souvenirs charmants...

Robert ne pouvait croire à ce scénario, ridicule à ses yeux. Il est vrai que dans le domaine des Lettres, qui est celui de l'humain et du pouvoir, son bon sens avait souvent été pris en défaut. Il fit un vague signe d'acquiescement :

— Puisque vous avez déjà mis en route vos manigances… Moi, je ne suis au courant de rien.

Patrick serra les dents.

— Ponce Pilate, comme toujours !

Après de vifs remerciements pour la « confiance » qui lui était accordée, Patrick sortit et demanda à Michèle de téléphoner à Pascal Lescot pour un rendez-vous amical avec Monique. À déjeuner. Un de ces bons petits bistrots discrets. Avant de la quitter : « Le patron, il a pris un coup de vieux ! » Elle fit la sourde. Il ne comprenait pas l'attitude du patron : Monique avait réussi d'excellents « coups ». Les Mousquetaires étaient les favoris des médias qui les mettaient à toutes les sauces. Oui, on pouvait employer ce mot, car ils donnaient leurs points de vue, même sur la cuisine.

Hélène, de son côté, ne parvenait plus à le dérider. Certes, il avait fait bonne figure aux déjeuners et dîners de parents, d'amis, mais ne tenait debout, semblait-il, que grâce à l'alcool et aux cigares. Dès que seule avec lui, elle le voyait s'effondrer. Inutile de lui demander le pourquoi de cet état ou s'il avait contacté son médecin, il tournait le dos en haussant les épaules et, du plus profond de son fauteuil de bureau, s'enfermait dans la lecture d'un journal, d'un livre, d'un manuscrit dont il ne sortait que pour aller se coucher.

Hélène se décida, après quelques jours d'hésitation, à téléphoner à Michèle. N'était-elle pas, plus qu'elle, proche de son mari ? Elle prit son ton enjoué : un petit-déjeuner, comme ça, pour causer. Un jour où, le patron ayant rendez-vous en province, Michèle, libre de son emploi du temps, n'aurait pas à lui en rendre compte. Les hommes n'avaient pas à mettre leur nez dans la vie des femmes ! Propos « féministes » accompagnés d'un grand rire. Michèle ne fut pas étonnée par cette invite. Deux ou trois fois, depuis son mariage avec Robert, Hélène lui avait fait même proposition. Toujours par temps de crise. Elle les avait toujours acceptées, ravie, discrète.

Les arbres du bois de Vincennes dédoublaient leur silhouette noire dans l'eau du lac troublée par le frôlement d'aile de mouettes oublieuses de la mer. Les barques, coquilles vides, étaient empilées sur la rive. Ce jour de début février avait des roseurs de printemps. Robert était à Draguignan, un auteur, ami de toujours, qui le réclamait. « Vous verrez, avait dit Hélène à Michèle, quand, au volant de sa voiture, elle avait pris la direction de la porte Dorée, nous allons déjeuner dans un endroit charmant. »

Il l'était. La grande salle vitrée du restaurant donnait de trois côtés sur les espaces verts de l'île Daumesnil. Au centre, une cheminée moderne où crépitait un grand feu, entourée de tables nappées de blanc dont beaucoup étaient occupées par des cadres supérieurs, la quarantaine, qui semblaient tous fêter au champagne une promotion ou quelque réussite. Des serveuses et serveurs, pantalon et gilet noirs, chemise blanche, même sourire affiché pour vous détailler la carte et vous servir. Au salut plié en deux du maître d'hôtel qui fit claquer le nom de Madame comme oriflamme au vent, Michèle comprit qu'Hélène était une de ses bonnes clientes. Quand, débarrassées de leur manteau, il les eut installées sur leur chaise-fauteuil garnie de coussins, qu'il connut leur désir pour l'apéritif, Hélène le confirma à son invitée : « Je viens ici, avec des amis. On ne risque pas d'y trouver des gens de l'édition. C'est reposant… Presque la campagne. L'été, j'y viens parfois seule, prendre un thé, lire, au bord du lac : un soupçon de vacances. » Après la coupe « obligatoire », avait précisé Hélène, elles s'accordèrent sur le bouquet de crevettes roses, le gigot d'agneau de pré-salé, haricots verts, et les douceurs de l'île. Hélène, qui menait conversation, commença par s'intéresser discrètement à la vie de Michèle hors bureau. Être seule pour tout gérer, n'était-ce pas trop difficile ? Était-elle bien chauffée dans ce logement, acquis par ses parents, sous les combles d'un vieil immeuble derrière les Gobelins ? Et sa sœur aînée, se plaisait-elle en maison de retraite ? Et sa nièce, toujours dans le Midi ? Michèle se disait que tant d'attentions de la part de la femme du patron préludaient à des questions qui allaient lui causer quelque embarras. Aux crevettes, il fut question de la vie de l'édition en général ; au gigot, de celle de la Maison en particulier et de celle de quelques auteurs dont elles aimaient le style tout en reconnaissant qu'ils étaient « dépassés ».

C'est lorsque les douceurs de l'île furent servies qu'Hélène se décida enfin à en venir au Sujet. « Vous, chère Michèle, qui connaissez Robert depuis toujours, vous avez bien dû remarquer… » Qu'en pensait-elle ? Le tournant de l'âge ? La gestion de la Maison ? Des soucis avec un de ses collaborateurs ? Une collaboratrice ? Monique ? Que disait-on dans les bureaux ? Chez les rivaux ? Michèle se fit rassurante. Sans doute, chez Monsieur, un peu de fatigue. Ne fallait-il pas qu'il s'adapte continuellement à ce monde de l'édition qui – Madame l'avait évoqué il y avait un instant, se transformait de jour en jour. Pas toujours dans le bon sens. Bien sûr, cette Monique Nyver avait donné un coup de jeune à la Maison. Les Mousquetaires, quelques romans d'un style « branché ». Mais aujourd'hui, tout se dégradait très vite. L'entente entre les Mousquetaires se fissurait : la jalousie ! Monique était tombée dans l'alcool et prenait mauvais genre... Mais elle avait du pouvoir auprès des médias qui l'avaient adoptée, la faisant « Impératrice des Lettres ».

— Cette personnalité un peu trop en vue, à mon goût, n'est-elle pas dangereuse pour la Maison ? demanda Hélène.

— Monsieur y veille. Il est aimable avec elle mais la tient à distance.

Michèle se garda bien de dire que la vulgarité de l'Impératrice dans les soirées alcoolisées prenait des tournures imprévues. Verre en main, elle abordait personnel politique, acteurs, actrices, chanteurs, chanteuses, journalistes, présentateurs d'émissions télé, avec son désormais fameux : « Toi, t'as une gueule d'écrivain ! Passe à mon bureau, on causera ! » Les causettes se terminaient parfois dans un bistrot où elle promettait au débutant de fortes avances sur recettes. L'avance donnée, le livre sorti, le flair de la dame était pris en défaut. Des recettes, il n'y en avait pas toujours ! On avait dû embaucher des flopées de nègres pour réécrire l'autofiction d'untel ou d'unetelle, trop célèbre pour qu'on refuse leur texte sans provoquer des fâcheries qui risquaient de porter préjudice à la Maison. Elle tut l'émoi suscité dans le service comptabilité par les notes de frais de l'Impératrice qui invitait le Tout-Paris dans des cantines de luxe... Elle se contenta d'évoquer un personnel moins concerné qu'autrefois par la marche de la Maison, des auteurs toujours prêts à renier leur signature exigeants, susceptibles, considérant tous les autres auteurs comme des rivaux. Certes, si l'on plongeait dans les archives et qu'on lisait le courrier échangé entre certains écrivains et le père de Robert, déjà, on pouvait se rendre compte que leurs rapports étaient orageux, mais, aujourd'hui, tout était sujet à rupture. Et on ne s'écrivait plus ; c'était l'insulte par mail ! Hélène hocha la tête.

— Vous croyez que Robert devrait prendre sa retraite ? demanda-t-elle.

— Ce sera difficile, Madame, il est parfois un peu las mais, comme son père, ce métier, c'est sa vie.

Le café fut servi avec chocolats, pralines, pâtes de fruits. Hélène se pencha vers Michèle :

— Appelons-nous par nos prénoms, ma bonne amie, et dites-moi le fond de votre pensée : Robert n'est-il pas préoccupé également en raison d'une... absente ?

On y était ! Michèle éprouva, dans le même instant, soulagement et embarras. Opta pour la vérité... du moins « sa » vérité.

— Vous parlez d'Anne Dauvent ?

Et comme Hélène acquiesçait :

— Certes, Monsieur aime beaucoup cette dame... Comment dire ? Peut-être voit-il toujours en elle le couple qu'elle faisait avec... je ne voudrais pas trahir un secret.

— Vous pouvez parler, je suis au courant : avec Alexandre Péchalant. Que voulez-vous dire ? Que mon mari enviait ce couple caché et, de plus, mal assorti ?

— Je ne me suis pas bien exprimée, Madame ! Comment le pouvait-il, être bien assorti, ce faux couple ? À côté du vôtre !

— Oh, vous savez... rien que de très banal : un jour ça va, un autre non ! Alors que, lorsqu'on ne vit pas ensemble, qu'on doit se cacher, comme ces deux-là ont dû le faire, peut-être l'amour demeure-t-il dans son éclat premier.

— Peut-être. Mais c'est plutôt comme si Alexandre Péchalant, dont, bizarrement, Monsieur était proche, lui avait demandé de veiller sur elle.

Hélène parut surprise. Elle commanda deux autres cafés et murmura :

— Je n'ai jamais compris l'attrait que Robert éprouvait pour cet anarchiste. Une belle plume, certes ! Mais des idées...

— C'est que Monsieur est tant attaché à la langue !

Il y eut un silence, puis, comme un caillou qu'on lance :

— Vous savez, Madame, dans sa jeunesse, Monsieur a été sous la domination de ses parents, qui ne lui laissaient qu'une seule perspective : devenir un grand éditeur. Il a réalisé leur vœu, mais peut-être, parfois, a-t-il rêvé d'être un grand poète, un grand romancier. Peut-être aussi un révolté comme Alexandre Péchalant.

Faisant signe au garçon d'apporter note et vêtements, Hélène soupira.

— Il ne m'a jamais confié ce genre de désir, mais, dans un couple, chacun garde son jardin secret, n'est-ce pas ?

Elles n'échangèrent plus que des banalités.

Arrivée au pied de l'immeuble de Michèle, Hélène put se garer. Elle se tourna vers elle et, l'embrassant :

— Merci, ma chère amie. Vous m'avez vraiment rassurée. Et éclairée. Il faudra nous revoir plus souvent.

Reprenant le volant, elle se dit que la secrétaire ne lui avait sans doute pas révélé toute la vérité, mais que Robert soit à la fois un rebelle, un écrivain, un amant « rentré », voilà qui lui donnait à réfléchir. Michèle, gravissant ses cinq étages, souffle court, pensait qu'elle n'en avait pas fini avec la femme du patron !

Le lendemain après-midi, Robert revint directement à son bureau, s'informa auprès de ses assistants. « Rien de nouveau ? » Michèle le mit au courant de deux ou trois manuscrits d'auteurs maison arrivés la veille, lui rappela des rendez-vous prévus. Monique annonça d'un air plein de sous-entendus qu'elle dînerait aux chandelles avec Pascal Lescot le mercredi suivant et qu'elle ferait en sorte que personne n'en tienne une pour la suite. Robert remarqua qu'elle avait des mèches et qu'elle buvait de l'eau. Il donna brièvement des nouvelles du vieil auteur qu'il était allé visiter à Draguignan, prêt à rendre l'âme, mais qui avait encore eu la force de lui fourguer ses mémoires. Dans le train du retour, il les avait parcourus. Attendre son décès puis expliquer à sa femme que, hélas, aujourd'hui, on ne publiait plus les morts… Patrick soupira « Pitié, encore une veuve ! », ce qui fit rire tout le monde, sauf Robert. Il pensait à *Ahbon*. Puis, dans son théâtre intérieur, Anne reprit le devant de la scène.

Il s'enferma, téléphona chez elle. En vain. Allait-il devoir appeler Yasmine Balafa, la belle Égyptienne dont il avait été un temps fort amoureux, ayant pris depuis poste de conseillère culturelle à l'ambassade de France au Caire ? Faisant fi de la règle numéro un de la Maison, établie par son père, « On élimine d'avance tout ouvrage qui n'est pas en prose », il avait publié un recueil de poèmes de Yasmine, dits « rimbaldiens » par quelques messieurs du Quai qui guignaient les fesses de la dame quand elle venait faire des emplettes à Paris. Cet égarement, que son père, pour une fois indulgent – sans doute se souvenait-il de ses propres erreurs de jeunesse –, qualifia « sottise de débutant », lui avait valu une longue bouderie de sa femme et de certains auteurs. Il ne la renouvela pas, en dépit des supplications de la Belle qui finit par rompre.

Nouvelle angoisse au ventre, il l'appela, tomba sur une douce colombe qui, lui rappelant les heureux moments de leur idylle, roucoulait. Il n'eut que quelques secondes pour se réjouir, elle lui donnait raison : finie la poésie ! Depuis deux ans, elle travaillait à une saga : trois tomes ! Elle prendrait bientôt l'avion pour Paris avec son chef-d'œuvre – c'était l'avis de tous ses amis – pour le déposer entre ses mains. Voix enrouée – l'émotion, sans doute –, Robert lui dit sa joie de la revoir, puis se hâta d'en venir à ce qui le préoccupait depuis plusieurs mois : qu'avait pu devenir Anne Dauvent, qu'il lui présenta comme une vieille écrivaine, amie de sa femme, partie en felouque sur le Nil ? Yasmine prit des notes sous sa dictée : état civil, date approximative de son arrivée en Égypte, le temps de sa présence au Caire, celle de l'embarquement… Elle allait se renseigner, le rappellerait bientôt, mais aucune raison de s'inquiéter : l'Égypte était un pays où la police faisait son travail et les voyages sur le Nil étaient surveillés. Une rencontre amoureuse n'était pas exclue… Combien de voyageuses s'étaient attardées entre les bras de beaux marins ! Robert insista sur l'âge de cette auteure, ce qui fit rire Yasmine : « Mon bon chéri, tu n'as pas changé. Tu ne connais toujours pas les femmes ! » Ils se quittèrent après maints échanges de mignardises.

Robert s'enfonça dans son fauteuil, déjà écrasé par le prétendu chef-d'œuvre de Yasmine. Il alluma un cigare. Des emmerdes allaient commencer, qu'il ne pourrait refiler à personne.

X

Tant de choses se sont passées depuis mi-décembre où, en soupirant, je me préparais à la soirée de Noël chez ma grand-mère ! Mon petit papa Deraigne a été transporté à l'hôpital le 12 pour une pneumonie. Tous les soirs vers les dix-huit heures, je lui rendais visite, l'encourageais à avaler quelque nourriture, lui apportais un gâteau fabrication Zaza, lui faisais la lecture. Il ne pouvait guère parler, manquant de souffle, mais quand il me caressait la main, la joue, je goûtais un sentiment de paix qui, hélas, ne durait pas. Sa vieille amie dont il m'avait parlé et qui, en effet, m'a embauchée pour quelques heures de ménage par semaine, trois de ses voisins et moi, nous l'avons mis en terre dans ce cimetière Saint-Vincent qu'Anne aimait. Je n'étais pas remise de ce coup dur que ma grand-mère fut emportée par un AVC ! Je l'ai retrouvée, un matin, en robe de chambre, le front sur la table de la cuisine devant son bol de café. Pour elle, un cimetière de lointaine banlieue, près de sa fille, ma mère. Sinistre. M'accompagnant, plusieurs propriétaires ou locataires de son immeuble et trois hommes : Bruno, François et Babou qui, en notre nom, fit un touchant éloge funèbre en alexandrins. J'appris ainsi qu'une fois la semaine, il allait déjeuner à la loge, devenue au fil du temps sa « maison du Bon Dieu ». Elle aussi avait ses secrets.

Impossible d'en dire plus, car ce qui m'anime est trop détestable. À un chagrin qui me tient des heures, prostrée dans ma solitude, un sentiment de délivrance que je ne peux maîtriser ! De honte, je crois que je serais allée me jeter dans la Seine si je n'avais reçu une aide inattendue : celle de François. Comme il n'a cours ni le samedi ni le lundi – privilège, dit-il, accordé aux vieux profs ! –, il est venu m'aider dans les multiples démarches que j'ai dû accomplir. Samedis et dimanches, il m'a prêté la main pour déménager la loge, brader la plupart des meubles. Je n'ai gardé que les cartes postales qu'Anne lui envoyait et des souvenirs de cet ordre : son chapelet, bien sûr, son tarot et ses livres de recettes. Vivant chichement, elle avait prévu les frais pour son enterrement et je toucherai sans doute un petit pécule. Quand ? Je n'en sais rien, car j'ai compris que les notaires n'étaient pas gens pressés. Les week-ends prolongés, fuyant ma piaule du dernier étage – passer devant la loge de Zaza me retourne les tripes –, j'ai dormi chez Anne avec lui, chastement. Il m'a confié son secret : il est homo et n'a jamais eu d'amis au long court. Pour lui, les rencontres furtives. Il ne se voit pas « finir sa vie en couple, avec un homme ». Avec une femme, pourquoi pas ? Anne, elle, m'a-t-il expliqué, depuis toujours, était au courant de sa vie sexuelle, mais ils n'en parlaient jamais. Ce n'était pas elle qui était gênée – elle avait tenté plusieurs fois d'obtenir des confidences – mais lui, comme si, dans l'affection qu'il lui portait, il y avait un amour, honteux de lui révéler des tromperies ! Mieux ! N'aurait-il pas été jaloux s'il avait appris que, depuis la mort d'Alexandre Péchalant, elle avait quelque affaire de cœur en train ? Pas question, donc, que je lui révèle l'existence de Matthieu. Un compliqué, ce François – il le reconnaît –, mais tellement gentil ! Avec lui, j'ai fini hier le ménage des livres de notre amie.

Nouvelle surprise. Bouleversante. Les deux dictionnaires poussiéreux, que François a descendus et déposés sur le bureau d'Anne avec mille précautions, que j'ai débarrassés de leurs toiles d'araignée, sont de faux livres. En réalité, des boîtes à secrets. Nous y avons trouvé des chemises : débuts de romans, de nouvelles, des réflexions regroupées sous le titre *Notules*. La plupart ont ravi François. « Même esprit qu'Alexandre Péchalant, disait-il, les lisant. Pourquoi ne les publie-t-elle pas ? Quand elle rentrera, je vais lui poser la question, car elle va revenir, je le veux ! Et nous lui avouerons quelles légitimes inquiétudes à son sujet nous ont poussés à ce qui peut paraître indiscrétion ! » Lui dire la vérité ? Je ne parvenais pas à lui enlever cet espoir auquel, me semblait-il, il croyait pourtant de moins en moins. J'ai retenu deux de ces notules : *Tout véritable amour est incestueux* et *L'enfer, c'est soi.*

Dans une autre chemise, très épaisse : les lettres d'Alexandre. Que je voudrais qu'un homme m'en décrive de telles ! Je suis tombée amoureuse de lui rien qu'en les lisant : philosophie de la vie, passion, tendresse, coquineries, tout s'y mêle dans un langage qui me rappelle certaines musiques qu'Anne écoutait quand, à sa table, elle écrivait ; Mozart peut-être… J'y vois un amour total, pas comme celui que j'ai découvert parfois dans des romans à quatre sous ou dans les séries télé. Un alcool fort qui vous déchire. Et je découvre une Anne différente : passionnée, voluptueuse, à la fois enfant et déesse. J'en suis sonnée !

Celles de François, il me les a enlevées de dessous le nez. « C'est répétitif, c'est nul ! » Nous nous sommes chamaillés et il a fini par remettre la chemise en place, avec les autres. « Après tout ! Si tu veux dormir dessus ! »

Puis, en dernier, la surprise bouleversante : une lettre dans une enveloppe cachetée au nom de François Laville.

Mon petit frère, tu auras été le plus cher et le plus fidèle de mes amis – je pourrais dire de mes amours ! Tout ce qui m'appartient est à toi et à Carina. Mon testament se trouve chez Maître Paul Barroux, 6 rue Montmartre. 06 29 31 12 12. Il sait que tu es mon légataire universel.

Je te demande de porter le tapuscrit que j'ai terminé à mon éditeur. Peut-être le publiera-t-il... Mais, vivante, je n'ai jamais eu grand succès. Alors, morte ! Mes faibles droits d'auteur te reviennent.

Je te laisse ce dernier message : qui suis-je réellement ? Je mourrai sans avoir répondu à cette question – comme à bien d'autres – que je me pose depuis l'enfance quand je me sentais double, triple. Je n'ai trouvé mon unité que dans l'écriture. Je partirai avec cette dernière interrogation : vais-je retrouver cette unité dans l'autre monde promis, s'il existe, ou vais-je me fondre dans la Lumière ?

Fais tout ce que tu peux pour Carina. Elle aussi m'a été précieuse. Je n'ai pas été toujours juste avec elle.

Je t'embrasse comme je t'aime, tendrement.

Nous sommes tombés dans les bras l'un de l'autre. François m'a dit : « Nous étions ses enfants. » Puis il s'est repris, comme toujours : « Nous sommes ses enfants. » J'ai cru que j'allais craquer. J'ai encore des sanglots. Plus de larmes. Épuisés, les pleurs. Il m'a dit : « Je rentre chez moi. Il me faut réfléchir, mais je reviens samedi prochain et nous verrons quoi faire : il nous faut la retrouver. Plus normal, ce silence. »

Lui reparti dans sa lointaine banlieue, j'ai lu les lettres de François. Elles forment une sorte de longue méditation tendre et nostalgique, sombre ou rieuse sur son enfance, le temps qui fuit. Ce sentiment de non-être qui le tient parfois : « Je n'ai été qu'un enfant, dit-il, au sein de la nature ou dans les bras de ma grand-mère. Ou près de toi. Encore, parfois, dans la découverte d'un auteur, d'un texte. Sinon, un vieux clown, parmi d'autres. »

Ménages. À la maison médicale, chez l'amie de mon petit papa Deraigne. Puis j'ai attendu son retour, sans guère bouger de ma piaule. J'ai peur des gens qui peuvent me demander des nouvelles d'Anne, de la sonnerie de son téléphone, et, je sais pourquoi, de Bruno. Je ne veux plus le voir car il m'a mise sur une voie sans issue. Si je traîne dans les rues, je vais aller à la police ! Pour ne pas me laisser aller à la picole, j'ai commencé à écrire mon journal. L'idée folle de l'éditeur me fait une fenêtre ouverte au bord de laquelle je respire enfin. J'ai toujours aimé, copiant Anne, jeter des notes dans des cahiers d'écolier, mais elles étaient en friche. Je reste parfois des fois des heures devant. Certes, je ne cherche pas à faire de la littérature. Plutôt à dire les choses comme elles étaient. Comme elles sont.

Samedi, je suis allée chercher François à la gare de l'Est. Il était content. M'a serrée dans ses bras comme un amoureux et m'a emmenée déjeuner pas loin dans un bistrot « d'autrefois » avec des tables en bois, des sièges usés, une déco faite de vieilles bouteilles, un patron bourru avec chemise et pantalon à bretelles. Il a traîné la grande ardoise sur pied avec menu à la craie près de nous, disant à François :

— Y a longtemps que j'vous ai pas vu ! Vous avez donc changé de dame !

— Non, a répondu François, mais elle est en voyage. Je suis venu avec sa fille !

— Un p'tit verre de blanc, comme d'hab ? Ça vous donnera le temps de choisir.

« Comme d'hab. » François me déroula son plan pour retrouver Anne, me posant des questions embarrassantes : comment payait-elle son gaz, son électricité, son téléphone ? J'avais bien ses relevés de compte de la banque ? Est-ce que je les avais ouverts pour voir si elle s'était servie récemment de sa carte ? Personne ne s'était inquiété de ça. Classique, pourtant, dès qu'il y a disparition d'adulte. J'ai un peu bafouillé, « non, je n'ai pas osé ouvrir », puis, pensant qu'il allait me demander de le faire devant lui, qu'il constaterait alors que rien n'avait bougé depuis le jour où... : « Oui, j'ai vérifié mais... » Il me caressa doucement la main. « N'aie pas honte de l'avoir fait, Carina. Il est normal que tu aies pensé à voir, par ses retraits, si elle était toujours vivante ! Et alors ? »

Heureusement qu'elle m'avait expliqué, en riant, comment elle s'y prenait, pour certains voyages, dans des pays pratiquant le « bakchich » ! Une façon de faire que lui avait sans doute enseignée Salem ! Avant de partir, elle faisait verser par sa banque une forte somme à une autre sise à l'endroit où elle se rendait. Après, elle ne se servait plus que d'argent liquide, ce qui lui valait partout des « prix d'ami ». J'expliquais la combine à François qui rugit : « Elle est folle ! De l'argent sur elle ! Elle peut se faire égorger ! » Je tentais de le calmer, lui parlant de la cachette que lui faisait ma grand-mère pour les billets : doublure avec pression dans les bonnets du soutien-gorge ! Cela ne le rassura pas et il avala plusieurs rasades, songeur. Puis, quand arriva le coq au vin, spécialité maison, il reprit la liste des opérations qu'il envisageait. Téléphoner à l'ambassade de France au Caire, et, avec les renseignements que j'avais, leur demander où elle avait pu prendre la felouque sur le Nil. On allait demander des passeports et, aux vacances de fin février, ensemble, on s'embarquait ! Autre chose : il fallait que je prévienne mes quelques patrons qu'ayant trouvé un emploi sûr en province, je ne travaillerais plus pour eux. Comme je me récriais, il me coupa la parole. « Je t'embauche, chez moi. À temps complet. Le temps que tu remettes de l'ordre, on aura retrouvé Anne. Après, on verra avec elle. J'ai d'autres projets pour toi, tu es une fille intelligente... » J'entendis ce qu'Anne m'avait dit cent fois. Je ne répliquai rien. Nous allâmes revoir un vieux film, *Les quatre cents coups,* qui passait dans une salle d'Art et d'essai un peu crasseuse. Le soir, il resta dormir avec moi, fraternellement. Le lendemain, il m'emmena au musée Rodin. Assise près de lui, sous une tonnelle du jardin, écoutant, en fond sonore, ses commentaires, je me demandais comment le faire renoncer à ses investigations. Tout avouer ? Quand je le raccompagnai à son train, je ne m'y étais toujours pas résignée. Ni le lendemain. Ni le surlendemain.

Comme prévu, il vint me chercher en fin de semaine. Je le suivis, valise à la main : j'avais donné congé à mes deux employeurs.

Il habitait, près de la gare, une petite maison de deux étages, dans une rue calme qui s'ouvrait sur une grande avenue plantée d'arbres. Du bas, un escalier montait vers une grande pièce salle de séjour-cuisine, d'où partait, dans un coin, un autre escalier donnant sur un palier desservant deux petites chambres, salle de bains, toilettes. Les murs de chaque pièce et des montées d'escalier étaient doublés de livres ; les rares meubles en étaient encombrés. On marchait entre des piles échafaudées sur les tapis... Je n'avais jamais vu ça. Pas chez Anne. Même pas chez mon petit papa Deraigne. Ne parlons pas de la saleté des lieux !

François, si soigné de sa personne, se mouvait, à l'aise, dans un décor de cauchemar ! Voyant mon désarroi, il rit : « Que veux-tu, je suis *l'amateur de livres* », faisant allusion, m'expliqua-t-il, à une lithographie représentant Charles Nodier. Il dut me faire un cours sur l'art de la lithographie et sur Charles Nodier. Il adorait enseigner : avec moi, il tombait bien. Malgré ce que m'avait transmis Anne, j'avais encore beaucoup à apprendre. Seul un meuble, sorte de petit bureau mural, n'était pas enfoui sous les livres mais sous les papiers et photos : des photos d'Anne, des affiches anciennes annonçant des signatures qu'elle avait faites chez des libraires de province.

François avait pris ma valise et l'avait déposée au premier étage. « Oui, dit-il, voyant ma mine, je ne t'ai pas menti : il y a du travail ! Je ne veux pas partir à sa recherche en laissant un tel bordel chez moi ! On ne sait pas ce qui peut arriver ! Ne t'inquiète pas pour toi, si j'avais un pépin. J'ai tout prévu. » Il refusa de me dire quoi. « On mange ? » On mange quoi ? Il ouvrit le réfrigérateur. Plein de ce que ma grand-mère appelait des « cochonneries » et non des cochonnailles. Je mis un torchon sale à ma taille et commençai à en faire l'inventaire pendant qu'il aménageait une place pour nos couverts sur la table de la salle de séjour. Nous nous contentâmes d'une pizza, d'un reste de camembert et de deux pommes, le tout, heureusement, arrosé d'un bon petit beaujolais. Il m'annonça que le lendemain matin, il m'emmènerait au marché et me ferait connaître toutes les beautés de l'endroit.

Dimanche de brume sur une ville détruite pendant la guerre, reconstruite dans la tristesse du béton. En vitesse, il me montra l'Oise qui coule sous un grand pont – l'après-midi nous ferions une promenade le long de ses berges –, me parla d'un château du XIVe siècle, habité par Louis XI. Il n'en restait que de vagues ruines, dont une tour restaurée. Évoqua une faïencerie qui avait mis, un temps, la beauté de ses décors dans Creil, des tréfileries et clouteries qui lui avaient apporté de la richesse, une d'usine de diverses pièces d'automobiles amenant une population d'*ailleurs* logée dans des tours de Babel... Restait la misère, la drogue, des quartiers dits dangereux, des jeunes qui, parfois, boudaient les cours ou y mettaient le souk ; parfois l'étonnaient par la vivacité de leur esprit et leur acharnement au travail. Pour l'heure, il me conduisit devant ses marchands préférés : le charcutier, le marchand de couscous et la marchande de frites qui, tous les trois, clin d'œil complice, émirent le même jugement : « Jolie, la demoiselle ! » Malgré sa désapprobation, je m'attardai devant l'étal du poissonnier, où je pris de belles tranches de cabillaud, une maraîchère pour y choisir carottes, navets, poireaux, pommes et poires. J'avais décidé que, comme il semblait que je ne puisse plus maîtriser le cours de ma vie, il me fallait, au moins dans les domaines où j'avais mon mot à dire, revenir à la sagesse.

Sagesse mise à mal quand François poussa la porte du bar où, me dit-il, le dimanche, il retrouvait des copains. Je ne tarderais pas à découvrir qu'il y avalait son café le matin, un œil sur le journal, y déjeunait parfois – sandwich, frites –, et, souvent, y prenait l'apéro du soir. C'était son Q.G. ! Il devint le mien. Le patron était un bel Italien, la trentaine, tout velours : œil, voix, mains, pantalon. De ceux qu'on ne parvient pas à remettre à leur place : derrière le bar ! Les copains de François, contrairement à ce que je pensais en m'asseyant à leur table, n'étaient pas profs. Il y avait une de ses voisines, veuve, blonde et ronde, experte en tapisseries qui, rêvant de se pendre à son cou, lui tricotait des cravates ; une créatrice de bijoux du quartier, divorcée, dont il gardait le fils de huit ans quand, une fois par semaine, elle partait en bringue ; un chanteur, animant un petit club de jazz, à « l'ancienne » ; un peintre en bâtiment qui était aussi peintre du dimanche. Son chevalet installé sur les bords de l'Oise, il se prenait pour Corot. Tous des « artistes », aimant bonne chère, bon vin, sur lesquels régnait François, le « prof », encourageant les uns et les autres, ses bons jours, leur infligeant des moqueries perfides ses jours de mauvaise humeur. Ma surprise était grande devant ce club hétéroclite. La leur la dépassa quand François me présenta d'un mot : « Carina, une amie ». Ce copain, qu'ils avaient toujours connu célibataire endurci, avait une nana – et quelle nana ! Ils n'en revenaient pas ! Il fallut deux tournées avant qu'ils me posent des questions. Qui j'étais ? Comment on s'était connus avec leur pote ? Pourquoi j'étais là ? Ce qui sous-entendait : qu'est-ce qu'on faisait ensemble ? François répondait à ma place : j'étais l'assistante de son amie Anne, dont ils connaissaient, par lui, le grand talent. Anne étant en voyage, j'étais en congé. Comme j'étais fatiguée, vaguement souffreteuse, il avait pensé m'emmener à Creil pour que, en bonne compagnie, je me requinque. En échange, je devais faire un brin de ménage chez lui... Ils s'écrièrent en chœur que, amie de François, j'étais leur amie. Tous, y compris le patron, jurèrent que j'allais retrouver des joues roses et le moral de même. Il fallait arroser ça : une troisième et une quatrième tournée n'y suffirent pas. Les jours suivants, je trouvai des plats de résistance, des gâteaux, des chocolats et des mots doux à mon adresse, devant la porte de l'appartement. Quand j'arrivai au café, tout juste si le patron ne sortait pas un mètre ruban de sa poche pour évaluer l'arrondissement de mes formes !

Ce dimanche de ma présentation aux copains, nous ne rentrâmes pas déjeuner avant quatorze heures, et plutôt pompettes. Au lieu du repas raisonnable prévu, nous nous sommes précipités sur le saucisson que François avait acheté, en douce, et les fromages, avant de tomber dans son lit. Quand nous nous en tirâmes vers les dix-huit heures, il n'était plus question d'aller admirer les beautés de la ville : François avait des copies à corriger. Je restai un long moment à regarder dans un morceau de vitre de la salle, que j'avais rapidement nettoyé, tomber un crachin neigeux en étincelles de lumière dans celle d'un réverbère, me demandant par où et comment, le lendemain, je commencerais le ménage de cette bauge.

À huit heures, café bu, François parti de mauvaise humeur, je me posais toujours la question. Puis, sans courage, j'empilai les assiettes sales dans l'évier. Quand François rentra le soir, la cuisine était à peu près nettoyée. Il siffla d'admiration puis soupira : « Je ne vais plus me sentir chez moi ! » Notre vie commune commençait mal. Nous la menâmes cahin-caha pendant trois semaines. L'appartement était devenu, à mes yeux, habitable. Pour François, une sorte de « laboratoire » où il ne venait plus qu'en étranger.

Nous avions nos bons moments. Quand nous étions chez Fredo, au chaud des copains. Quand certains soirs, nous jouions professeur, élève. Entre les quatre pieds du bureau de François, j'avais trouvé des piles de lettres d'Anne. Sorties de leur enveloppe, coupée avec soin par leur destinataire, je les avais lues. Il n'y était pas question d'elle mais, après une note sur le temps, sur un projet de visite d'exposition, de cinéma, de voyage, il s'agissait presque uniquement de littérature. Les livres des autres, qu'elle analysait avec finesse, l'élaboration de ses projets de romans où je découvris avec surprise les jeux du hasard. Elle y disait : « Quand on commence un roman, on plante en terre une sorte d'aimant qui attire des éclats de vie, la sienne, celle des autres, des silhouettes entrevues, des désirs inavoués, des songes. Cristallisation stendhalienne. » Certains thèmes y revenaient, obsessionnels, que je connaissais : Dieu, le bien, le mal, l'amour. Elle croyait en Dieu, mais pas en ce Dieu bon des catéchismes. Non, le sien ressemblait à un romancier ne cessant de créer des vies, des mondes, des univers. Il aimait ses créatures, celles portant le bien, celles portant le mal. L'essentiel étant la vie, la vie toujours en transformation, toujours renouvelée, les catastrophes autant que les événements heureux faisant partie du jeu. Oui, l'amour était là, dans la création... Un autre thème, sur les artistes en général, qui m'étonna : transformant les horreurs en beauté, les rendant ainsi « acceptables », n'étaient-ils pas, tous, du côté du mal ? Et elle citait *Guernica* !

J'en parlai à François qui me confirma : oui, ce sujet la tourmentait. Elle lui parlait de la satisfaction profonde qu'elle avait éprouvée après avoir réussi, dans un roman, plusieurs pages décrivant des faits de guerre particulièrement odieux et de la gêne qu'elle avait éprouvée quand, le livre publié, certains lecteurs l'en avaient félicitée : des pages admirables ! Ils en redemandaient !

— Je lui faisais remarquer, me raconta François, qu'elle ne pouvait se mettre à une œuvre sans chercher la beauté même en décrivant l'horreur ! Elle ne répondait pas puis, un jour : « Alors nous sommes du côté des assassins. » Et elle se mit à pleurer. Ne sachant comment la consoler d'une douleur que je ne comprenais pas, je la traitai de bécasse. Elle de crétin.

Il y eut un silence, puis il rit.

— J'espère que nous nous disputerons encore ainsi quand nous l'aurons ramenée d'Égypte. Par la peau des fesses, s'il le faut, si par malheur elle est tombée folle amoureuse d'un beau mec ! (Il redevient sérieux.) Anne a subi une grande injustice : personne n'a lu vraiment ses livres. On a parlé de son beau style, de la structure solide de ses romans, mais ce qu'il y avait *derrière l'histoire*, a été ignoré des critiques, du public.

— Mais pourquoi ?

— Parce qu'elle était une femme tranquille ? Qu'elle ne sortait pas de l'Université, alors que ses livres contenaient toute une philosophie de la vie ? Que les sujets qu'elle abordait étaient dérangeants ? Le Dieu d'amour indifférent, la malédiction qui pesait sur l'art, la bisexualité des êtres, l'amour incestueux, tout cela sentait le soufre !

Près de lui, Anne était vivante et j'avais fini par entrer dans le récit qu'il me faisait de nos retrouvailles.

Un lundi, pourtant, je décidai de rentrer à Paris. Je savais que l'état de demi-somnolence où était tombée ma raison ne pouvait durer. L'absence d'Anne, doublée par la mienne, devait être commentée dans le quartier des Abbesses ! Il ne fallait pas qu'un habitant trop zélé signale notre disparition à la police... François s'opposa mollement à mon départ : il avait besoin de ma présence, de ma gentillesse, de ma gaîté. Il me fallait revenir très vite. Promis, il entretiendrait un semblant d'ordre chez lui, il s'efforcerait de vivre « correctement ». Il nous fallait préparer notre voyage. Il reviendrait me chercher le week-end suivant...

Sortant de la gare du Nord, j'éprouvai un sentiment d'ivresse bien différent de celui connu chez Fredo. Libre, enfin ! Joie fugace car, aussitôt dans mon quartier, la peur me reprit de rencontrer ceux qui allaient me demander des nouvelles d'Anne. Il me faudrait pourtant les affronter.

Le mardi matin j'allai chez Anne. Pas de courrier, répondeur muet. Un peu de poussière sur le sol, les meubles, de quoi m'occuper quelques heures. Au début de l'après-midi, coups de sonnette, coups dans la porte, la grosse voix de papa Masson : « Je sais que vous êtes là, Carina. Si vous n'ouvrez pas, je préviens la police ! »

Je savais soudain pourquoi j'étais rentrée à Paris. Pour me jeter dans la gueule du loup !

XI

On était le 15 février, chez Masson les services littéraires s'enflammèrent : Patrick et Monique avaient réussi leur coup. Pascal Lescot quittait son éditeur pour signer chez eux. Il fallait se hâter de sortir son petit roman, *La passante de Limoges.* En juillet au plus tard, avoir deux ou trois bons articles de bonnes plumes afin que les jurés du prix des Journalistes se laissent plus facilement séduire.

Pour annoncer la nouvelle au patron et obtenir un soutien effectif, Monique et Patrick avaient décidé de forcer ensemble la porte de son bureau. Qu'on ne s'y trompe pas : ces deux-là se détestaient mais, pour l'heure, simulaient un bon copinage pour le bien de la Maison en attendant de fusiller le patron. Ceci étant, la lutte pour le pouvoir serait remportée par l'un ou l'autre. Robert les écouta, impassible. Quand ils lui demandèrent d'inviter Lescot chez lui avec un ou deux critiques connus, Robert leur rappela qu'il ne voulait pas participer de près ou de loin à ces tractations de « marchand de tapis ». Furieux, ils allèrent déverser leur hargne auprès des dames du service de presse dont la cheffe, Julie Lamalle, la quarantaine, belle femme un peu masculine qui, lorgnant depuis longtemps une place de direction, jouait des cils et des hanches lors de ses visites à Robert. Toutes – Julie la première – se montrèrent solidaires : quelle honte de ne pas reconnaître les grands mérites « politiques » des deux chevilles ouvrières de la Maison, et de ne pas les aider à réaliser ce tour de force ! Julie et ses filles allaient tout mettre en œuvre pour que ce roman décroche le pompon. Julie fit le geste symbolique de les prendre dans ses bras pour leur donner l'accolade. Oui, le patron n'allait pas bien. Il fallait le faire savoir plus haut. Patrick et Monique, aigle à deux têtes, devaient être nommés à sa place ; elle se proposerait comme directrice littéraire ! À eux trois, ils sauveraient la Maison du naufrage.

Après ce baiser qui valait pacte, Monique et Patrick allèrent se concerter au bistrot voisin sur la démarche à suivre pour obtenir ce prix. Il fallait faire vite, quitte à passer par-dessus la tête du patron. Patrick proposa de voir si Hélène Masson avait conscience de l'état d'esprit de son mari. Il savait qu'elle faisait croire, au risque de passer pour sotte, qu'elle se tenait en dehors des affaires de la Maison, invitant les uns, les autres, uniquement pour répondre aux demandes de Robert, ne parlant jamais littérature. Un leurre ! Elle avait ses favoris et pouvait l'influencer.

— Tu l'appelles ? proposa-t-il à Monique. Tu tâtes le terrain, tu lui parles de notre plan ?

— Jamais ! Je n'ai rien à cirer de cette sale bourge ! s'écria Monique, oubliant qu'elle-même, bien qu'employant le langage « popu », vivait confortablement : appartement de huit pièces dans l'immeuble de quatre étages que ses parents possédaient boulevard Saint-Germain.

— Eh bien, soupira-t-il, ravi de devenir chef de mission, je vais m'y coller !

Monique partie, il composa le numéro de l'hôtel particulier des Masson.

Yasmine avait téléphoné : pas de traces d'Anne Dauvent, ni à son arrivée à l'aéroport ni dans aucun hôtel connu du Caire. Rober était-il sûr de la destination de cette auteure ? Fallait-il alerter les autorités ? Robert répondit de n'en rien faire. Les renseignements qui lui avaient été donnés sur les déplacements de cette personne étaient de seconde main. Tout cela n'avait pas d'importance. Yasmine roucoula : « Mon bon chéri, c'était une façon de renouer avec moi ? Tu es *trop* ! Ne t'inquiète pas, je tomberai bientôt dans tes bras... » Avec ses trois tomes de papier, pensa Robert ; il n'avait pas besoin de cette nouvelle charge.

Le téléphone d'Anne restait muet. Il décida d'aller sur place, de traquer Carina, de l'obliger à répondre à ses questions. De toute évidence, la jeune femme lui avait menti. Anne n'était pas partie pour l'Égypte. Où était-elle ? Il eut le sentiment d'entrer dans un boyau obscur tel qu'on en emprunte dans les mauvais rêves. Conscient des bruits qui couraient sur lui, sur des complots qui aboutiraient à des changements dans le destin de sa Maison, plutôt que d'y répondre par des actions efficaces, une attitude de patron, que d'ordinaire il s'efforçait d'adopter, sans trop y croire, sa vie s'était soudain réduite à un seul but : retrouver Anne. Bien qu'ayant chaque jour la preuve que son autorité était mise à mal, un seul souci le hantait : était-elle vivante ou morte ? Parfois, un éclair de lucidité traversait son esprit : il était fou de laisser la bride lâche à ce Patrick, et à cette Monique, l'un et l'autre saisis d'une ambition d'autant plus grande qu'il ne leur opposait plus que passivité. Il se persuadait aussitôt que, dès qu'il aurait tiré au clair les raisons du silence d'Anne – ce qui ne pouvait tarder, quitte à prévenir la police de sa disparition –, il reprendrait les rênes, montrant à ces deux Rastignac la porte de sortie : il y en avait d'autres sur la place – et sur place – à convoiter leur poste !

Pendant plusieurs jours d'affilée, de huit heures du matin à vingt heures le soir, constatant que les volets de l'appartement d'Anne restaient clos, il fréquenta son quartier dans l'espoir d'y dénicher Carina. L'hiver, Montmartre montrait son aspect de vieille putain, loin du spectacle de joyeuses débauches souhaité par les touristes. Ce nouveau jour de traque, vers dix-sept heures, nuit tombée, alors qu'il parcourait des rues vides ou, lui semblait-il, peuplées de fantômes, il se heurta à une vivante qui l'apostropha :

— Que faites-vous là, Robert ? Vous veniez me voir ?

Il fut bien obligé de lui dire oui, c'était *Ahbon* ! Elle leva un bras d'où pendait un filet :

— Caviar, vodka ! Venez ! Nous allons faire casse-croûte à la russe car, vous le savez, cher Robert, je suis d'une famille princière proche des tsars ! Je suis sûre que vous venez m'annoncer la réédition des poèmes de mon cher Victor.

C'est ainsi qu'il se trouva, verre et tartine en main, disant oui à tout, dans un appartement voisin de celui, vide, d'Anne. Rendue loquace par « la bonne nouvelle » et la vodka, *Ahbon* lui en annonça une autre : elle écrivait ses mémoires qui contiendraient des témoignages bouleversants sur ses amours avec le cher disparu. Ne lui avait-il pas acheté une étoile ?

— Oui, ne faites pas ces yeux ronds ! Une étoile porte mon nom ! Je vais vous en donner la preuve. Son esprit y est monté qui m'attend !

Elle était allée décrocher un cadre qu'elle lui mit sous le nez où, sous verre, un document couvert de cachets affirmait bien l'achat par Victor Voilin d'une étoile qui porterait désormais le nom d'Isoline, princesse Padiskava. Robert hochait la tête, lèvres serrées sur la réplique qui avait failli les franchir : « Qu'attendez-vous pour le rejoindre ! » Il la félicita tout en se levant pour prendre congé. Elle s'accrocha à son bras :

— Un mois ou deux, le temps que ma secrétaire tape le manuscrit et je vous l'apporte. Je vous promets un beau succès. Vous pensez, tous les gens du Quai…

Il dit « oui, oui », l'embrassa.

— Et votre voisine ? dit-il d'un ton neutre quand il fut sur le palier.

Elle gloussa.

— Toujours absente. Et sa femme de ménage est partie avec un de ses amants. Le plus jeune. Je me demande s'ils ne l'ont pas fait disparaître pour filer ensemble, et avec son fric !

— Ma chère amie, susurra-t-il, je crois que vous devriez vous lancer dans le roman policier !

— Ah bon ! dit-elle, ravie. Je vais y penser.

Ce n'était pas son jour de chance. Au coin de la rue, il tomba sur Jules-Julie, qui, après l'avoir appelé « mon beau matou », lui demanda s'il était nouveau dans le quartier.

— Non, Madame, dit-il, après un instant d'hésitation. Je le visite.

— Tu cherches un appart ? L'âme sœur ? Je peux t'aider.

Il dit « merci », tenta de fuir, mais elle occupait tout le trottoir.

— Je te vois qui traîne, triste mine, dans ce coin des Abbesses… T'es trop bien fringué pour être poulet. Alors quoi ? Des voluptés nouvelles ? Je suis ton pote !

C'en était trop, il la bouscula. Elle le traita de « gros plouf ». Reprenant le métro – il avait adopté ce moyen de transport, pensant y devenir transparent –, il jura de ne plus remettre les pieds dans ce quartier.

Le lendemain, il y revient. À trois heures de l'après-midi, les volets de l'appartement d'Anne étaient ouverts.

Après plusieurs coups sans réponse, Robert allait reprendre l'escalier avec l'intention d'aller à la police quand Carina passa le nez par l'entrebâillement de la porte ?

— Vous allez alerter toute la maison !

Il repoussa violemment le battant.

— Cessez votre comédie ! Au rez-de-chaussée et au premier étage, les volets sont fermés, Mme Voilin vient de sortir. Nous sommes seuls. J'ai pris mes renseignements : Anne n'est pas en Égypte. Vous m'avez menti. Vous allez me dire où elle est !

Il s'était avancé dans l'appartement en familier, alors que devant lui, elle reculait. Soudain, dans le bureau, il s'arrêta, examina les lieux et, un instant, plongea dans le passé. Rien n'avait changé. Quand il venait déjeuner ou dîner avec le couple Anne-Alexandre, elle débarrassait de ses papiers une grande table en merisier qui lui servait de bureau, y jetait une nappe damassée blanche ornée d'initiales brodées rouges, tirée du trousseau, disait-elle, donnée par sa grand-mère, puis dressait le couvert. Ce qu'elle servait était simple et bon. Il la félicitait, fasciné par ces amants qui, bien que ni l'un ni l'autre ne montre par geste ou parole leur entente affective et sexuelle, lui faisaient penser aux dernières images d'un vieux film, *Les Visiteurs du Soir,* à cette statue où les deux corps se fondent en un, sous les coups de fouet du Diable. La seule fois où Anne l'avait embrassé, où il avait senti son parfum de jasmin, ce qui l'avait troublé, c'est celle où, rentrant du Mexique, il lui avait apporté un fragment de roche obsidienne. Chaque fois qu'il était revenu, il l'avait vue sur son support et sous globe de verre – la pierre présentait des tranchants effilés comme des lames de canif – éclairant de sa tendre couleur verte la table basse où elle servait l'apéritif. La table était toujours là, près de la fenêtre, entre ses petits fauteuils façon Louis XV. Plus de pierre. Il se tourna vers Carina, blafarde, adossée à un des battants de la double porte de la chambre, qu'il avait toujours vu fermée :

— Où est la pierre que je lui avais offerte ?

Elle répéta à plusieurs reprises « la pierre... la pierre ! », puis elle glissa le long du chambranle, poupée de chiffon. Il crut à une nouvelle feinte, alla vers elle, la tira par un bras. Elle respirait toujours, mais était bel et bien évanouie. Il resta un instant debout devant elle, interloqué. Appeler les urgences ? On allait lui demander qui il était. Un homme de son âge, cette très jeune femme... Les soupçons ! Il tenta les méthodes classiques : gifles et serviette trempée dans une cuvette d'eau. Carina ouvrit les yeux, resta assise sur le plancher. Il savait où se trouvaient les alcools, lui fit boire une gorgée de whisky. Elle s'étrangla, redit « la pierre », se mit à pleurer à gros sanglots. Il s'assit en face d'elle, alluma un cigare et, quand elle commença à se calmer, d'une voix toujours aussi grondeuse :

— Ça signifie quoi, ce malaise, ces larmes ?

Elle se remit à pleurer.

— Ça suffit ! Dites-moi où est Anne !

Elle s'étrangla à nouveau, toussa, puis très bas :

— Elle est morte.

Il écrasa son cigare dans un cendrier, fit les quelques pas qui le séparaient d'elle, l'obligea à se lever.

— Vous avez dit quoi ?

— Oui, elle est morte.

Les larmes se remirent à couler, silencieuses, ne l'empêchant pas de parler. Parfois, elle tamponnait ses joues de ses mains. Il lui tendit un paquet de mouchoirs en papier, dégoûté car, comme les enfants, elle avalait sa morve. Aussi parce que ce qu'elle lui racontait le révulsait.

C'était le dimanche 4 août. Le matin. Dix heures. *Ahbon* était partie pour assister à la messe de l'église orthodoxe russe. La maison était tranquille. Deux nuits que Carina ne dormait pas. S'être fâchée le vendredi avec Anne, elle ne pouvait plus le supporter. Anne, pour elle, lui était plus proche que sa mère... Elle avait les clefs de l'appartement, mais elle frappait toujours avant d'entrer. Ce qu'elle fit. Sans réponse, elle entra, s'arrêta aussitôt, stupéfaite : des bruits de voix, des rires qui venaient du bureau ? De la chambre ? Oui, elle aurait dû repartir, mais la voix de l'homme, il lui semblait la connaître. Non, elle était victime d'un mauvais rêve... Ce n'était pas possible ! Elle avançait toujours dans l'appartement, dans le bureau, fut clouée sur place, électrifiée. La porte de la chambre était ouverte à deux battants. Anne était là, rieuse, ses cheveux gris dénoués sur un dos nu, taille entourée par les bras de Bruno, un tatoueur du quartier avec qui, elle, Carina, couchait parfois. Leurs bouches près l'une de l'autre, leurs sexes collés l'un à l'autre. Que s'était-il passé dans sa tête ? Elle l'ignorait. Cette image, elle ne pouvait la supporter. Un mirage. Détruire cette vision qui la détruisait ! Elle avait saisi la pierre, l'avait lancée. Elle ne visait ni l'un ni l'autre. Les deux ! C'est Anne qui avait été touchée. Consciente d'une présence, elle s'était tournée d'un coup, avait reçu la pierre en pleine gorge...

Robert, muet, la dévisageait, tentant de comprendre ses propres sentiments : non seulement cette criminelle ne lui faisait pas horreur, mais il la comprenait. Lui non plus n'aurait pas supporté de découvrir Anne dans les bras d'un inconnu. Jalousie ? Sans doute, mais un autre sentiment pointait qui lui faisait honte : il imaginait Anne, vieille femme nue, et cet homme sans doute jeune et beau.

— Mais, finit-il par dire, l'obsidienne était sous verre !

— Il y a plusieurs mois, j'avais bousculé la table, tout était tombé, le verre s'était cassé. Anne ne m'a pas disputée, mais elle m'a dit de faire attention, que c'était une pierre dangereuse. En lançant la pierre, je me suis blessée.

Elle tendit sa main ouverte vers lui tout en continuant.

— J'ai encore la cicatrice... Ce n'est pas mon sang que je voyais couler. Le sien ! Quand Anne est tombée, nue, le sang giclant sur sa poitrine, avant qu'il la recouvre toute, j'ai vu que Bruno lui avait fait le même petit tatouage que moi, à l'épaule : un papillon.

Robert avait perdu souffle. Il finit le verre d'alcool qu'il avait versé pour Carina. Pouvait-il lui dire ce qu'il ressentait ? Anne, une femme si tranquille... Déjà le couple qu'elle formait avec Alexandre Péchalant pouvait choquer, mais c'était un intellectuel, un homme du « milieu », alors que là... Il se mit à la détester, se disant que le charme qu'il avait cru voir en elle était pervers : elle attirait la mort.

Il se sentit d'un coup comme possédé par l'esprit de son père. Ce regard froid sur les êtres, ce cerveau qui fonctionnait, tel celui d'un mathématicien calculateur, précis, envisageant toutes les conséquences de ses actes. Cerveau qui avait amené Jean Masson à être un grand éditeur.

— Je vous accompagne au poste de police. Près de la mairie, je crois.

— Non !

Il se fâcha.

— Comment « non » ? Alors j'y vais seul, vous dénoncer !

— Non, répéta-t-elle. Laissez-moi quelques jours. Je vous jure, j'irai. Mais il faut que Bruno se casse. Il m'a protégée en faisant disparaître le corps. Je dois, à mon tour...

— Où l'a-t-il enfoui ?

— Je ne sais pas. Il n'a pas voulu me le dire.

— Il faut savoir. Absolument.

— Oui, oui. Je vous promets.

— A-t-il assez d'argent pour se casser, comme vous dites, là où on ne le trouvera pas ?

— Je ne sais pas.

— Où tient-il boutique ? Non, dites-lui plutôt que demain, dix-huit heures, je l'attendrai au bar Chez les Belles Dames, place Jean-Baptiste Clément. Il doit connaître. S'il n'y est pas, je vous dénoncerai tous les deux. Je vous donne quatre jours pour le faire.

— Un peu plus, je vous en prie. Il faut aussi que je prévienne François, un ami d'Anne, que je connais. Prof à Creil. Son ami le plus cher.

— Elle avait combien d'amis comme ça ?

— Aussi Matthieu. Mais lui, je n'ai pas ses coordonnés... Et puis, lui, c'est sans importance. Salem, lui, vous le connaissez. Peut-être d'autres. Je sais plus.

— Pourquoi dites-vous que ce Matthieu, c'est sans importance.

— Un amant, marié, donc il n'ira pas se vanter...

Robert ne voulait plus rien savoir. L'image d'Anne à jamais perdue. Pourtant, il ne pouvait pas partir sans s'assurer de Carina.

— Vous avez bien compris, si dans... disons cinq jours, je ne vois rien dans les journaux, j'agis selon ma conscience. Si vous vous dénoncez, ce dont je vous saurais gré, car je ne tiens pas à paraître dans cette affaire, sauf comme éditeur d'Anne et, pourquoi pas, de vous, je vous paierai un bon avocat. Le meilleur. Écrivain, en plus. Il vous aidera à rédiger vos mémoires. Nous en avions parlé, vous vous souvenez ?

— C'est fait, dit-elle.

Elle lui montra un classeur qui se trouvait sur le bureau d'Anne. Un titre : *Mémoires d'une dame-plumeau.* Il l'ouvrit.

C'est elle qui m'a appris à écrire, pas mes lettres, mais des lettres, celles qu'on envoie, celles qu'on déchire, celles qu'on écrit aussi pour soi. « L'encre lave l'âme », disait-elle…

Comment est-ce que je peux parler d'elle comme ça, en disant « elle » ? Comment raconter ce qui s'est passé en employant le passé ? Premièrement je n'y crois pas et premièrement je crève de peur. Il n'y a pas de deuxièmement. C'est tout à la fois.

Est-ce que ça va les intéresser, les policiers, d'apprendre qu'elle était écrivain ? Enfin, plus trop depuis quelques années. Elle me disait : « Maintenant, j'écris pour le tiroir. » C'est un métier, ça, écrire pour le tiroir ? Encore un mot, « métier », qu'elle bifferait si elle lisait par-dessus mon épaule : « Écrire, ce n'est pas un métier ! » Je n'ai jamais bien compris où elle se situait. Pourtant, je la connais bien. Depuis vingt-cinq ans.

Je lui faisais son ménage, parfois ses courses, deux fois par semaine, le matin. Pendant des années, ma mère, puis ma grand-mère, après la mort de celle-ci, lui avaient rendu ces services, l'une me transportant dans mon couffin, puis l'autre auprès de laquelle je sautillais. Anne jouait avec moi, me montrait des images ; plus tard, elle m'a lu des livres qu'après j'emportais chez ma grand-mère. De fil en aiguille, je suis devenue son élève, seulement en français, parce que pour le reste… Anne, elle était nulle, disait-elle, donc ne pouvait pas m'enseigner ce qu'elle ne connaissait pas. À l'école, je m'ennuyais ferme… C'est pourquoi je suis devenue femme de ménage et, quand ma grand-mère, malade, n'a pas pu continuer son office auprès d'elle, tout naturellement, je l'ai remplacée. Elle, elle était tellement forte en français qu'elle est devenue écrivain. C'est tout simple.

Reprenons : il faut que j'écrive ce qui est arrivé pour que ce soit clair dans ma tête, avoir des repères quand les policiers viendront. Car ils viendront, j'en suis sûre, malgré ce que me dit Bruno. J'ai lu et vu assez de polars pour savoir comment ça se passe…

Je me suis assise devant sa vieille machine à écrire. Non, rien à faire, elle n'a pas voulu d'écran. « Ça change le style, le souffle », disait-elle. Elle m'avait appris tôt le fonctionnement de son engin pour que, plus tard, je devienne secrétaire. Mais la révolution de l'informatique est venue et elle a laissé à d'autres le soin de m'instruire tout en me proposant de payer mes cours. D'année en année, je remettais l'idée de m'inscrire à quelque école. Installée au clavier (que j'aime ce mot qui parle de grands concerts et de pianistes célèbres saluant la foule !), j'ai avalé ma salive et j'essaie de relater par le menu le peu que je sais du drame et de ses suites, comme s'il s'agissait d'une autre – elle –, d'une autre – moi.

Le 4 août je suis venue chez elle à neuf heures, sûre de la trouver en top et pantalon, maquillée, coiffée. C'est une lève-tôt. De plus je le sais, elle m'en a fait confidence, elle veut qu'on puisse penser qu'elle fut une belle jeune femme. Ça la fait rire parce que longtemps elle s'est trouvée moche, très moche. « Tu comprends, c'est une vengeance tardive sur la vie. » Non, je ne comprenais pas, mais je respectais : c'était son idée... Donc j'arrive devant sa porte et je me rends compte que j'ai oublié ses clefs. Elles voisinent avec celle – unique – de ma chambre de bonne dans une pochette de velours rouge glissée dans un compartiment de mon sac. Tout est en place sauf son trousseau. Pas grave. Je sonne. Je re-sonne. Je frappe. Je dégaine mon portable, appelle son numéro. Rien. Qu'est-ce qui se passe ? Elle dort encore ? Un malaise ? Et ses clefs ? J'ai dû les laisser chez Bruno où j'ai passé une partie de la nuit. Je dégringole l'escalier, je cours jusqu'à sa boutique qu'il vient d'ouvrir, où il prépare ses instruments (il est tatoueur-piercing) : « Qu'est-ce qui t'arrive ? » J'explique. « Qu'est-ce qu'elles feraient ici, les clefs de ta vieille ? » Il sait que je ne supporte pas qu'il dise « ta vieille » en parlant d'elle, mais il ne peut pas s'en empêcher. Une sorte de jalousie. Je vais jusqu'à la pièce du fond qui lui sert de tout : bureau, salon, chambre, cuisine... Comme chaque fois que je passe la nuit avec lui, d'un coup, avant de partir au matin, j'avais vidé mon sac sur le lit pour prendre l'étui rouge, en retirer ma clef, la mettre dans ma poche au cas où, en route, on me le piquerait. Mais celles d'Anne ? J'inspecte le dessus des meubles ; le lit est encore défait, draps en boule, des miettes, des taches de vin, de cigarettes. Je les enlève, les secoue – eux et les oreillers. J'inspecte les abords du lit, c'est dessous que je les ai trouvées...

Quand j'ai voulu ouvrir sa porte, première surprise : le verrou était fermé à double tour, ce qu'elle ne fait jamais, sauf quand elle part pour quelques jours. Je le lui reproche, ce qui la fait rire : « Ici, il n'y a rien de précieux. Même pas moi ! — Vos tableaux ? — Ils n'ont de valeur que pour moi. Je suis seule ou presque à savoir que mes amis avaient du talent. » C'est que des tableaux, ici, il y en a partout, sauf sur trois murs de sa chambre et trois de la salle transformée en bureau qui sont réservés aux livres du sol au plafond. Il y en a même au petit coin, c'est dire ! Dans la cuisine, les volets étaient mi-fermés, les fenêtres ouvertes. Tout comme d'habitude, bien rangé. Trop. Le bol de son petit-déjeuner n'était pas sur l'égouttoir. Dans sa chambre, le grand lit blanc n'avait pas été défait. Salle de bains impeccable. Sa petite culotte, son soutien-gorge en soie gris perle, archi secs, à cheval sur le porte-serviette. Son sac à main de cuir noir pendait par la bandoulière au dossier d'un fauteuil près de la tablette du téléphone fixe où se trouvait également son portable. Le bureau présentait son état de fouillis permanent, auquel il ne fallait pas toucher sinon elle ne s'y retrouvait plus : dossiers, lettres, journaux, revues, papiers divers entassés sous ce qu'elle appelait son « coupe-coupe », sorte de coutelas muni d'un lourd manche en acier qui aurait pu assommer un bœuf et dont, paraît-il, se servait son grand-père pour tailler les buis, bouquins entassés au pied de sa table de travail. Mais, dans le coin salon, sur le guéridon, deux grands verres vides, une bouteille de jus de fruits ouverte. Contre la bibliothèque, les coussins de son divan en tas. Quand je les ai écartés, c'est elle que j'ai trouvée, tout habillée, recroquevillée, raide et froide sur le tapis. J'ai dit « Anne ! », sachant qu'elle était morte. Cette vue ne me faisait rien, car je n'en croyais pas mes yeux. Je ne sais pas combien de temps je ne les ai pas crus. J'ai fini par m'agenouiller près d'elle, mon visage près du sien qui était d'un blanc bleu. Son cou portait de grandes marques noires. Ce sont elles qui m'ont fait peur. Je ne sais comment j'ai pu aller jusque chez Bruno, les jambes en pâte à modeler. Je n'ai pas pu le voir de suite car il opérait… Malgré le *soleil qui commençait à chauffer les vitres du magasin, j'avais froid, je serrais les dents pour qu'elles ne claquent pas. Je sentais un muscle battre près de mon œil droit, un autre près de ma bouche. Une phrase explosait ma tête : « Qui a pu faire ça ! » À chaque respiration, j'avais le sentiment que ma poitrine se heurtait à un mur de pierre. J'aurais voulu crier, pleurer, mais, à l'intérieur, moi aussi j'étais morte.*

Quand Bruno, sorti de son laboratoire après sa cliente, a ouvert la bouche pour me demander ce que je foutais encore là, ma tête a dû lui signifier qu'il valait mieux remettre les explications après le départ de celle-ci. C'est quand je lui ai dit ce que j'avais vu que, chialant à gros bouillons, je me suis sentie revivre. Et ça me faisait mal. Comme une rage de dents qui m'aurait vrillée de la tête au pied.

Les dix premières pages lues, il referma le dossier.

— Il faudra refaire le début, décrire la situation telle que vous l'avez vécue, parler de votre réaction.

— Non. Anne disait : « Toujours maintenir l'attention du lecteur en ne lui donnant les clefs de l'intrigue qu'à la fin. »

Cette enfant avait été à bonne école ! Il lui signala à nouveau qu'il ne voulait pas paraître dans ce roman.

— Dommage, dit-elle… Enfin, je dirai que c'est François qui, par ses questions, avant que nous partions pour l'Égypte, a déclenché mes aveux… Quand il saura la vérité, il va me tuer. Et ce sera tant mieux.

Des larmes encore. Robert regarda l'heure, il lui fallait partir. Pensa à des sentiments qui l'avaient parfois traversé au sujet de son père et même d'Hélène. Il dit :

— Courage. Ce François, s'il a un peu d'humanité, comprendra. Un jour ou l'autre, l'envie vous vient de tuer qui l'on aime. N'oubliez pas, lundi prochain, je veux voir dans les journaux l'annonce du crime. « Une grande romancière, etc. »

Elle hocha la tête, soumise. Mais quand il voulut emporter le tapuscrit, elle mit la main dessus.

— Non, maintenant que j'ai retrouvé mes esprits, j'ai des choses à revoir. En prison. Vous viendrez le chercher.

Hélène fut surprise de lui trouver plein d'allant, bien que le front soucieux. « Ma chérie, dit-il, il va falloir, un de ces soirs, se farcir Pascal Lescot et deux critiques de poids. Dîner succulent, comme tu sais faire. » Est-ce que cela allait durer ? Oui, toute la semaine.

De même dans la Maison où il s'était remis, en arrivant, à saluer Michèle, d'un « Alors, ma bonne amie, tout roule ? » sur un ton vif qu'il avait perdu depuis des mois. Elle aurait été heureuse de ce renouveau si de mauvaises nouvelles ne lui parvenaient des services littéraires : le patron faisait n'importe quoi ! Sans qu'on puisse le raisonner, il avait décidé de rééditer *La Déesse Noire* de Victor Voilin et, pire, de sortir une saga familiale écrite par la poétesse franco-égyptienne Yasmine Balafa – qui, disait-on, ne savait produire que de la littérature loukoum. Quand elle apprit que Patrick Bélier et Monique Nyver se répandaient dans le Tout-Paris des Lettres, mines graves, déclarant qu'ils savaient que Robert souffrait d'une psychose maniaco-dépressive – oui, ils employaient ce mot ancien pour qualifier ce qu'on nommait maintenant « troubles bipolaires », ce qui rendait cette maladie banale, presque aimable –, elle téléphona à Hélène. Au cours de plusieurs déjeuners, les deux femmes étaient devenues mieux qu'amies : complices ! Michèle dit à Hélène ses craintes concernant les propos du directeur littéraire et de la Conseillère n° 1, dévastateurs pour la Maison. Déjà, au cours du repas pris avec Patrick dans un salon de thé, faisant de délicieuses tartes salées à midi, dans le quartier calme de l'Arsenal, Hélène avait jugé dangereux cet animal qui l'avait accablée de compliments avant d'émettre des doutes sur la bonne gestion de la Maison. Elle avait joué son rôle de charmante *sossotte,* faisant l'étonnée : oui, Robert se montrait parfois fatigué, mais qui ne l'était pas actuellement ! À son avis, la Maison n'allait pas mal puisqu'il était là, si jeune et plein d'idées. Bien sûr, elle inviterait avec plaisir ce Pascal Lescot, si sympathique, avec un ou deux critiques qui diraient du bien de son roman. Peut-être pourrait-il se joindre à eux ? Elle avait trouvé au marché d'Aligre un marchand de poulardes... Ah, il lui en donnerait des nouvelles ! Le marché d'Aligre, mieux que tous ceux qu'on vantait à Paris, et dans un quartier si pittoresque ! Elle l'avait laissé à une station de taxis – elle, ravie, lui, rageur : rien à tirer de cette bonne femme !

Hélène remercia Michèle, proposa une nouvelle rencontre. Après prise de rendez-vous, et juste avant les « à bientôt », Michèle dit :

— J'allais oublier. Oui, Monsieur a ressorti le manuscrit d'Anne Dauvent du coffre.

Hélène demanda, voix changée :

— Elle est rentrée d'Égypte ?

— Je ne sais pas. Sans doute.

Hélène raccrocha brutalement. C'était donc la cause de la belle humeur de son mari ! Anne était revenue. Elle ne s'était jamais assez méfiée de cette femme ! Eau qui dort ! Cela expliquait sans doute la réédition d'un volume de poèmes de Victor Voilin. Sa veuve, elle le savait, était voisine d'Anne. Acheter son silence sur des rendez-vous amoureux ? Et Yasmine ? L'Égypte ? Avait-elle joué un rôle dans le retour d'Anne ? Hélène sentit soudain une immense fatigue l'accabler. Jeune, elle avait supporté quelques coups de canif donnés par Robert au contrat, s'en était vengée discrètement. Leur couple n'avait jamais été en péril. Quelques tangages. Rien de sérieux. Fallait-il atteindre l'âge de la retraite pour qu'elle se rende compte que, peut-être, depuis longtemps – depuis la mort d'Alexandre Péchalant ? –, son mari avait pour amante cette romancière sans importance ?

Migraine. Au dîner, elle chipota, sans un mot devant un Robert bavard, à peine intrigué par l'attitude de sa femme qui alla se coucher dans une chambre d'amis.

Huit jours tard, Robert, levé tôt, acheta le journal à l'un des derniers kiosques qui étaient encore en fonction boulevard Saint-Germain, alla s'installer dans un café bondé où il avala un mauvais jus et un encore plus mauvais croissant : il n'avait pas pu attendre le petit-déjeuner que Michèle lui confectionnait avec soin tous les matins pour lire le journal qu'elle déposait sur le plateau... Rien. Rien dans les journaux du soir... Pas de crime annoncé. Il en fut ainsi toute la semaine. Chaque jour, il se disait : demain...

Le lundi suivant, il fut obligé d'admettre que Carina l'avait roulé. Il se traita de naïf, de triple idiot. Patrick et Monique, ces arrivistes, avaient raison : il lui fallait foutre le camp, disparaître, se jeter à la Seine. Cette petite salope avait sans doute profité des lingots qu'il avait remis à Bruno pour partir loin se cacher avec lui ! Ils devaient bien rigoler tous les deux, peinards, dans une île bien heureuse, le bénissant, lui, pauvre con ! Allait-il la dénoncer, dénoncer son complice ? Les risques étaient grands… On l'affublerait vite d'un rôle – forcément mauvais – dans cette affaire ! Bien sûr, il pourrait dire… Il montait un scénario qui s'effondrait, en remontait un autre, ne parvenait pas à échafauder une histoire qui le mette totalement hors de cause. Prétendre que l'absence de son auteure Anne Dauvent se prolongeant, il avait fini par s'inquiéter… Ne pouvait-on pas lui reprocher de l'avoir fait bien tardivement ? La moindre enquête de voisinage ferait parler *Ahbon*. Il lui avait promis de rééditer le « cher Victor » contre assurance d'un silence total sur la vie d'Anne, de Carina, pour le cas où on l'interrogerait. Même transaction concernant la sortie de la saga de Yasmine. Pas un mot concernant ses demandes de renseignements au sujet de la voyageuse. Comment espérer que l'une et l'autre tiendraient leur promesse si lui-même était mêlé à l'affaire ?

Le mardi matin, rasé au plus près, l'estomac brûlant, malgré les gels qu'il ne cessait d'avaler depuis des jours, il sortit du métro Abbesses, se dirigea vers le bureau de police, s'arrêta près d'un kiosque ouvert. Gros titre en première page d'un journal à sensation : « Une grande romancière, Anne Dauvent, a été tuée dans un immeuble tranquille de Montmartre ». Journal acheté, il se jeta dans un taxi. Ne parvint pas à lire l'article tant ses mains tremblaient.

À peine fut-il dans son bureau que Michèle l'y rejoignit : un homme, ami d'Anne Dauvent, porteur d'un manuscrit, l'attendait. Gorge sèche, il lui fit signe de le faire entrer. Si c'était Salem, il allait l'expédier, vite fait ! Ce n'était pas lui, mais un homme d'une quarantaine d'années, de belle allure, chemise blanche, cravate. Il se présenta : François Delaville. Robert lui montra un fauteuil.

— Je vous en prie. Café ?

— Non, merci, dit le visiteur. Pardonnez-moi, mais je suis pressé. J'ai rendez-vous au commissariat de police des Abbesses dans une heure et il me fallait vous voir avant. Absolument. Ne soyez pas fâché du retard de Carina pour se dénoncer. Elle a d'abord voulu non seulement me mettre au courant, mais aussi que je sois en paix avec elle. Ce qui, vous imaginez bien, me fut fort difficile. Admettre que ce n'était pas elle mais l'obsidienne qui avait tué Anne… Quand j'ai essayé de comprendre, d'admettre que le geste était involontaire et ne visait pas vraiment mon amie, elle a voulu que je relise son texte et que je l'aide à le terminer comme vous le souhaitiez, c'est-à-dire en prenant votre place de « dénoueur » de l'histoire. J'ai eu un peu de mal à écrire ce passage. Pourquoi, oui, pourquoi lui avoir offert cette pierre diabolique qui repose avec son corps au plus profond des gorges de la Sioule, comme Bruno a dû vous le dire quand vous l'avez rencontré ? Il a donné plan et photos de l'endroit à Carina pour faciliter les recherches de la police. Elle s'est rendue au commissariat hier matin. C'est moi qui l'y ai conduite. Les aveux qu'elle m'aurait faits dateraient de la nuit précédente. Je suis convoqué à onze heures en tant que témoin assisté. C'est pourquoi je vous confie son tapuscrit, *Mémoires d'une dame-plumeau*. Soyez sans crainte. Je l'ai soigneusement relu, votre nom ne figure qu'en tant qu'éditeur d'Anne. Si vous permettez, je me charge de faire le lien entre vous et elle, car je ne la laisserai pas tomber quand elle sera bouclée. Elle l'est déjà, d'ailleurs.

Il se leva. Robert le reconduisit.

— Je serai toujours heureux de vous voir. Merci pour tout. Dites à Carina que, puisqu'elle est un de mes auteurs, je vais comme promis lui dépêcher un avocat.

Philippe Blaudont. Celui de la Maison. Le meilleur ! Pour me joindre…

Il lui donna son numéro de portable et appela son service de taxi.

— Vous serez à l'heure aux Abbesses, dit-il. Courage pour la suite. Tenez-moi au courant. De tout ! Et encore merci.

Dix minutes plus tard, il demanda à Michèle de convoquer le service littéraire, les attachées de presse, les gens de la fabrication, pour quinze heures, dans son bureau.

Michèle se hâta d'appeler Hélène, lui annonçant à la fois la mort d'Anne, qu'elle avait apprise par un petit article en page 4 du *Journal du Soir,* et le branle-bas que semblait avoir provoqué la venue d'un homme, ami de cette dernière, qui s'était présenté avec un manuscrit.

— Revenue d'Égypte, elle s'est donc fait tuer chez elle ? demanda Hélène.

— Je ne peux vous donner plus d'informations. Dans l'article, on dit seulement qu'elle a été assassinée par sa femme de ménage.

— Quelle horreur ! s'écria Hélène.

Michèle en convint

— Ce soir, Monsieur vous racontera.

Hélène raccrocha, se demandant si elle en saurait davantage. Depuis plusieurs jours, ils ne se parlaient plus : c'est lui qui avait la migraine.

Quand il rentra, ce soir-là, Hélène vint à sa rencontre, visage grave.

— J'ai appris par le journal, dit-elle. Pauvre Anne…

— Tu ne la connaissais pas, dit Robert d'un ton brusque, inutile de feindre une tristesse que tu n'éprouves pas. C'est ce soir que nous recevons Pascal

Lescot, les critiques et Patrick. Je suppose que tu as fait préparer un dîner de gala ! Essayons de ne pas parler de cette affaire. Ne soyons pas non plus trop élogieux au sujet du roman de Lescot. Bon sang, jamais je n'aurais dû accepter que ce dîner se passe à la maison !

— Sois sans crainte, dit Hélène. Il y a d'autres sujets de conversation !

Elle en trouva : les voyages, le cinéma, le théâtre, les expositions, la cuisine…

Les convives partis, Robert la remercia : tout avait été parfait. Baiser de paix. Elle le rejoignit dans la chambre conjugale. En pleine nuit, elle fut réveillée : Robert criait. « Un mauvais rêve », dit-il, sans vouloir s'expliquer. Une pierre verte volait dans la nuit. Ce rêve devenant récurrent, ils firent de nouveau chambre à part.

ÉPILOGUE

Deux mois plus tard, deux livres parurent chez Masson : *Une femme si tranquille* d'Anne Dauvent et *Mémoire d'une dame-plumeau* de Carina Revendat. Depuis plusieurs semaines, les journaux, sérieux ou non, publiaient des articles, courts ou longs, sur ce qui était devenu « le drame des Abbesses », chacun donnant une interprétation différente du geste de la jeune femme, et certains allant jusqu'à prétendre que par amour, elle couvrait le crime du tatoueur en fuite. N'était-il pas d'origine turque ? La critique sembla bouder les deux ouvrages. Patrick et Monique se réjouissaient : « Encore une bourde du patron. »

Après avoir lu le livre d'Anne, Hélène avait eu la réaction que Robert avait prévue :

— Alors, mon ami, on a été amoureux de cette dame si tranquille ?

Il avait haussé les épaules :

— Anne était romancière ! Elle arrangeait les sentiments des autres à son gré.

— Sans doute ! Elle a pu aussi minimiser une liaison brûlante entre elle et toi !

— Liaison brûlante... Langage de midinette qui ne t'est pas coutumier...

— Ne te fâche pas, chéri. Tout cela n'est pas grave.

Dans sa Maison, dans les autres, on riait sous cape : Robert Masson en amoureux transi ! Elle l'avait bien arrangé, la morte !

Lui, il continuait à se désintéresser de tout, sauf quand il s'agissait d'Anne.

Il avait assisté, avec François, à son enterrement dans un petit village de la montagne bourbonnaise. Parmi les quelques personnes qui s'y trouvaient, il avait rencontré un prénommé Matthieu qui paradait. N'avait-il pas fait en sorte d'être aux premières loges quand on avait sorti le corps de la victime des gorges de la Sioule ? Le corps et la pierre avec laquelle on l'ensevelissait.

— Vous êtes journaliste ? lui avait demandé Robert.

— Non, mais il me faut bien enrichir le journal intime que je tiens depuis l'âge de douze ans. Je m'intéresse surtout aux femmes de Lettres. J'ai entretenu un courrier avec certaines d'entre elles. Des femmes connues. Oui, très connues, plus qu'Anne.

— Avec elle aussi ?

— Avec elle, c'était autre chose...

Il prit des airs mystérieux. Ce personnage lui était devenu, d'un coup, odieux. Avait-il vraiment été l'amant d'Anne ? Rien à voir avec le tatoueur.

Robert avait été surpris lorsqu'il l'avait rencontré pour leur unique rendez-vous. Un bel homme, de l'allure. Il lui avait confirmé que Carina avait bien vécu durant des mois dans le déni de son geste fatal et qu'il n'avait rien fait pour l'en tirer afin de la protéger, espérant que la disparition d'Anne ne provoquerait que peu de remous : une femme seule, sans attaches, d'après les dires de Carina... Un mystère, ce déni ? Oui. Mais il y avait bien déni de grossesse. Refuser de donner la vie, refuser d'avoir donné la mort... Il avait avoué à Robert que lorsque Carina lui avait appris qu'une aide financière allait lui être généreusement apportée, il lui avait proposé de fuir avec lui. Elle avait refusé. Elle voulait la punition qui ne serait jamais, disait-elle, à la mesure de son crime... Et puis elle avait parlé d'un manuscrit... Avait-il aimé ces deux femmes ? Robert avait osé cette question, encouragé par le tour direct qu'avait pris leur entretien.

— Oui, d'une certaine façon. Carina pour ses allures de jeune pouliche, ses naïvetés, cette grâce – je ne vois pas quel autre terme employer – qui lui faisait traverser n'importe quel milieu, même salace, et en sortir comme neuve. Anne pour son intelligence, sa culture, mais surtout pour cette faim de vie, des autres, que je n'ai connue chez aucune femme, chez aucun homme. Élixir qui semblait lui avoir donné une éternelle jeunesse.

Nouvelle facette que Robert ajouta au portrait intérieur d'Anne qu'il reconstruisait parfois pieusement, puis détruisait, rageur. Il fut également surpris par ce que Bruno lui dit de son métier, propos qui avaient séduit Anne, quand elle était venue le voir, la première fois, il y avait cinq ans, pour se renseigner : il y avait un personnage de tatoueur dans son roman *L'empreinte du vent*. Robert s'était soudain remémoré le trouble qui l'avait saisi lorsqu'il avait lu ce manuscrit d'Anne, avant de le publier, et des questions qu'il s'était posées sur ce qui avait inspiré cette romancière qu'il imaginait casanière. Le roman, en effet, contenait des passages étonnants sur un métier qui lui semblait méprisable. Elle y développait en spécialiste la possibilité, recourant à un tatoueur de qualité, d'une reconstruction de soi par le tatouage et le piercing, qui l'apparentait à une démarche psychanalytique. Recouvrir d'une cascade de fleurs une vilaine cicatrice peut-il changer l'image qu'on a de soi ? Il en doutait, mais il avait été fort intéressé lorsque Anne, remontant le temps, avait comparé ce travail à celui des anciens japonais pratiquant le Kinsuji : eux réparaient les objets aimés qui avaient été cassés, et qu'on leur confiait, avec des filets d'or, leur donnant ainsi encore plus de beauté et de valeur. Bruno lui confirma qu'il avait appris cet art et cette philosophie chez les moines du temple Ginkaku-ji, à Kyoto, auprès desquels il avait vécu un an. Cette expérience, il en parlait souvent avec Anne. Un jour, elle avait dit en riant : « Dans ma famille aussi nous avions une réparatrice : une cousine qui utilisait les éclats de nos faïences cassées pour en faire des cuvettes, un broc et des vases à toilette artistiques ! » C'est ainsi qu'elle lui raconta son enfance qui, dans une culture différente de la sienne, lui ressemblait. La pauvreté est parfois un lien.

Oui, il venait de Turquie, fils d'un potier installé dans un minuscule village de la Cappadoce. Très jeune, pour faire des études, il avait travaillé chez un marchand de tapis d'Istanbul qui le battait. Une sorte de bac en poche, il avait appris son métier chez un ami de son père, l'avait exercé dans divers pays d'Europe, plus ou moins clandestinement, et, il est vrai, aidé financièrement par un petit trafic de drogues qu'il considérait comme douces. Il avait fini par s'installer à Paris, dans ce quartier, parmi cette population hétéroclite qu'il aimait. C'est après plusieurs rendez-vous, sortes d'interrogatoires menés par Anne, dans son arrière-boutique, qu'à sa demande, il déposa un papillon sur son épaule : elle voulait connaître les sensations du « tatoué ». Ils devinrent amants chez lui, peu après, lors d'une « vérification » du tatoueur sur son travail. Naturellement, comme si la chose allait de soi. Après, il fut convenu que Bruno viendrait chez elle, le dimanche matin pour éviter une visite impromptue de Carina, *Ahbon* allant à la messe. Parfois, ils ne faisaient pas l'amour, se contentant de caresses et de tendres propos. Et ils riaient beaucoup en pique-niquant dans les draps avec verre de vin et quelques « fumettes » qu'il lui apportait pour soulager « les vieilles douleurs de Madame », disait-il, car, avec elle, il aimait jouer au valet, maître de sa maîtresse.

Ce couple, que Carina n'avait supporté de *voir*, non seulement Robert l'admettait, mais il se plut à l'imaginer. Il lui parla d'un passage de *L'empreinte du vent* où Anne évoquait des paysages de Turquie. Bruno dit ;

— Oui, c'est comme si elle y avait été. C'était ça son talent : recréer des univers. Elle avait donné du souffle, une vérité aux pauvres images que je le lui avais livrées de mon pays.

Il lui récita un extrait de ce roman.

— Je pense aux immenses plaines dorées de la Cappadoce sous un azur sans rides, aux chemins sableux qui les sillonnent, bordés de buissons d'où surgissent des chats squelettiques, aux géants de pierre dont les formes tourmentées semblent vouloir toucher le ciel. Je les ai vus, un matin, très tôt, sous la lune, armée silencieuse, debout contre le passage du temps. Je pense à cette femme au beau visage clair bordé du voile noir, descendue de sa cahute nichée dans la montagne pour offrir aux touristes des bijoux en dentelle de verre. Je retrouve mon émotion quand j'entrai comme par effraction dans le roc pour y trouver les petites églises rupestres aux belles fresques naïves et le vertige qui me prit devant l'empreinte du pied du Christ dans celle dite de la Sandale, bien que je sache qu'il n'était jamais passé là… Je revois la lumière toujours changeante du mauve à l'ocre de ce pays irréel. Aussi les immenses steppes de l'Anatolie où, à l'ombre des caravansérails en ruine, on rêve à cette route des marchands, ce lien qui ne fut pas seulement matériel entre l'Orient et l'Occident.

Surtout, dans un immense caveau qu'éclairaient des bougies, le tournoiement des amples jupes noires des derviches devenus toupies de Dieu en hommage à leur maître Mevlana, le poète des soufis… En plus de tous les crimes commis par les dictatures, il y en a un dont on ne parle pas : enlever à leur pays la beauté des paysages et des gens, celle créée par leurs écrivains, leurs artistes. Aux yeux des êtres libres, ces beautés disparaissent dans le sang versé des innocents.

Robert l'avait quitté, heureux de l'avoir aidé, triste de n'avoir pu mieux le connaître. De n'avoir pas vraiment connu cette Anne si gourmande de vie.

En juin, un grand papier parut dans *Le Journal du Soir*, sous la plume de l'avocat Philippe Blaudont : « Le geste de la fille au plumeau était non seulement celui d'une amoureuse mais d'une victime de la société. » À la radio, un journaliste audacieux compara ce livre au texte de Jean Genet *Les Bonnes*. Les réseaux sociaux s'enflammèrent. Les libraires le mirent en vitrine, en tête de gondole, parfois l'associèrent à celui d'Anne. Le sujet faisait fureur dans les dîners : on devait lire ces deux bouquins, faire des comparaisons, le naturel de l'une, la touche bourgeoise de l'autre. Chaque jour, le directeur commercial entrait chez Robert en se frottant les mains. Les chiffres de vente s'élevèrent encore quand les agentes de surface, aides ménagères, défilèrent avec le slogan : « Nous sommes toutes des dames-plumeaux ! » Et encore quand on parla du film qui allait être adapté du livre. Les traductions se multipliaient. Patrick et Monique, dans un premier temps, firent la tête, puis durent entrer dans le jeu en s'attribuant cette réussite : au premier regard, ils avaient vu que Carina… Leurs récits, plusieurs fois remaniés, divergeaient. On les écoutait sans les croire. Partout Robert était fêté. En coulisse, on disait qu'il avait transformé la glorieuse maison Masson en pompe à fric... Mais Philippe Blaudont sortit un essai très sérieux s'appuyant sur le cas Anne-Carina pour traiter des rapports ambigus qui existaient entre patrons, patronnes et personnel féminin, qu'il appela *Les dames-plumeaux, esclaves ou maîtresses ?*. Trois autres textes, toujours inspirés de l'affaire « plumeau », écrits par un psychologue, un philosophe et un sociologue de renom, sur des sujets voisins, parurent sous la couverture de la Maison qui, du coup, retrouva son aura de sérieux tout en accroissant encore le volume de ses ventes.

Quant à la question de savoir si Carina disait la vérité quand elle prétendait avoir perdu, pendant des mois, la mémoire des faits, les psychiatres, neurologues, neurobiologistes y allèrent de leurs articles et essais. On s'interrogeait. Amnésie ? Déni ? Mensonge ? Carina se cloîtra dans le silence : elle ne supportait pas que dans tous les traités et discours, on transforme Anne en esclavagiste moderne. Sur les réseaux, une nouvelle colère s'exprimait : on avait enlevé la parole à la prisonnière. Après concertation entre Me Blaudont, Robert, François et elle – qui fut longue à donner son accord –, l'avocat fit une (fausse) déclaration : Carina, qui, jusque-là, avait été gênée par l'aveu de la passion folle qui animait Anne, une femme de soixante-dix ans, pour un homme de trente-cinq, lui avait enfin décrit ce qui s'était réellement passé. Elle n'avait pas visé le couple, ni Anne, avec cette pierre, mais Bruno, le séducteur. Anne l'avait entendue arriver et, ayant deviné son geste, s'était dressée pour protéger son amant. Le coup, c'est elle qui l'avait reçu. Volontairement. On reprit les auditions, la scène fut rejouée. Les journalistes republièrent des articles, les psychologues, les sociologues, les philosophes des ouvrages sur les problèmes des différences d'âge dans les rapports amoureux, sur la passion, sur la sexualité de la femme âgée… Me Blaudont écrivit, pour *Le Journal du Soir*, un nouvel article remarquable, titré « Deux esclaves de leur passion », où il démontra que Carina, petite-fille et fille de femmes de ménage, avait toujours vécu sous emprise, et qu'il en était de même pour Anne, malgré sa culture et son talent : petite-fille de métayer et fille de petit employé, femme ayant vécu les plus belles années de sa vie sous influence d'un maître en écriture. On compara les deux femmes aux grandes héroïnes de l'Histoire. Voire aux déesses. Les ventes atteignaient des chiffres jamais atteints. Robert ne comprenait pas que la vérité, celle que lui avait dite Carina, si évidente pour lui, ne pouvait être admise : ce qu'elle avait voulu effacer, c'était cette vision d'un couple composé des deux êtres aimés, que, séparés, elle aurait voulu vivants. Oh, oui, vivants, l'un et l'autre, et l'aimant, elle ! Il en avait parlé à l'avocat. Celui-ci lui avait dit, un tantinet méprisant : « Mon cher ami, il faut toujours s'appuyer sur des raisons simples, celles qui marchent le mieux car elles sont le lot de tout le monde. La jalousie amoureuse : voilà du solide. Ne cherchons pas à dire la vérité, mais ce qui convient au peuple. C'est cela, toujours, qui triomphe. »

Un grand couturier fit sa collection sur le thème « plumeau », les décorateurs emboîtèrent le pas. Partout ce n'était que « plumes, plumes, plume » ! Les amis des animaux se révoltèrent : en raison de ce délire, on élevait, en batterie, des volailles de tout poil !

Pendant le temps du procès, Robert avait éprouvé quelque effroi en apprenant par la rumeur qu'une voisine d'Anne, ayant déclaré à une chaîne d'information en continu – jour et nuit, celle-ci décortiquait l'affaire – qu'elle avait des informations importantes à révéler sur les protagonistes du drame, leur vie, leurs mœurs, avait été convoquée par le juge. *Ahbon* amusa deux ou trois jours la galerie par l'étalage de ses titres, de sa mission, muse d'un grand poète, mais lassa vite par des confidences extravagantes, pleines de sous-entendus que personne ne comprenait. On la classa parmi les personnages à fuir. Mais son apparition dans les médias, livre du cher Victor en main, lui valut un petit succès bien inattendu, même d'elle, qui la consola de « l'inculture des journalistes et des membres de la justice », comme elle le proclama quand elle fut invitée à un apéritif par quelques membres du Quai, amis du défunt. Ces derniers après avoir acquis *La Déesse Noire*, signé par la muse, disaient entre eux : « Ces plaquettes serviront à équilibrer les tables boiteuses de nos bureaux. »

Quant à Yasmine Belafa, elle avait complètement oublié les recherches qu'elle avait faites sur la présence ou non en Égypte d'Anne Dauvent à la demande de Robert. À Venise, dans les bras d'un des Trente, grâce à l'influence duquel elle avait reçu le prix convoité, elle roucoulait. Avant de partir, elle avait téléphoné à Robert : « Mon bon chéri, pardonne-moi de te tromper, mais lui est veuf et parle de m'épouser ! » Il lui avait accordé absolution et bénédiction paternelles avec un soulagement qu'il avait eu du mal à dissimuler.

Pascal Lescot reçut le prix des Journalistes. Mieux, Anne Dauvent décrocha le prix Les Femmes à titre posthume. *Les Mémoires d'une dame-plumeau* dépassant les 600 000 exemplaires, l'imprimerie de la Maison tournait vingt-quatre heures sur vingt-quatre.

En janvier 2017, au moment des fêtes, en pleine gloire, Robert annonça sa décision à Hélène : il prenait sa retraite. Elle se récria. Une folie ! La Maison, grâce à lui, avait retrouvé non seulement les gloires d'antan mais un dynamisme jamais atteint ! Il ne voulut rien entendre. « Puisque tu tiens tant à ce que l'affaire reste dans la famille, deviens PDG », dit-il. Pendant huit jours, il y eut des disputes, du côté d'Hélène des larmes, mais aussi des rendez-vous secrets. Un matin, elle le reçut, souriante, au petit-déjeuner. « J'accepte ton fauteuil ! » dit-elle en lui tendant la main pour toper comme les Auvergnats des temps passés.

Elle organisa conférence de presse, conférence interne à la Maison. Y montra de la fermeté, de l'audace, de l'humour. Patrick, Monique, Julie, vexés, furieux, donnèrent leur démission et, ligués, montèrent une maison d'édition, Les Révoltés, dans un esprit d'avant-garde, soutenue par un financier qui y faisait du blanchiment. Après avoir connu une vaguelette de curiosité, elle ne fit pas long feu. Les deux Rastignac retrouvèrent leur province respective, y vivotèrent dans le journalisme et les radios locales. Monique ne quittait plus un bar de la rue des Saints-Pères, où elle recevait ses troupes d'admirateurs qui fondaient à vue d'œil. On la retrouva morte, sur le trottoir de la même rue, roulée dans un manteau crasseux, une nuit de grand froid, l'hiver venu. Pendant un mois, les médias pleurèrent sur son sort, sur celui de la littérature en général : qu'allaient devenir les auteurs sans leur *Impératrice* ? Puis son souvenir alla voguer, comme bien d'autres, dans les eaux sans fond du néant.

Profitant du départ des conjurés, Hélène avait renouvelé le personnel, l'avait féminisé, rajeuni. Elle avait demandé à Michèle de renoncer à sa retraite.

À elles deux, elles dirigeaient la Maison : mains de fer dans gants de velours. Les productions gardaient le bon ton classique, mais on se permettait des audaces et le féminisme était de mise.

Robert était devenu visiteur de prison et enseignait la littérature aux détenus. À qui s'en étonnait, Hélène répondait qu'il avait été touché par la grâce. Au vrai – mais qui pouvait le comprendre ? –, cette fameuse obsidienne l'avait fait tomber dans une culpabilité dont il tentait en vain de se racheter. L'offrant à Anne, inconsciemment, il l'avait tuée, ou Alexandre, ou ce couple que, pourtant, il croyait aimer. Le psychanalyste qu'il fréquentait désormais n'avait eu aucun mal à l'amener à cette clairvoyance interne qu'il lui fallait encore améliorer. Le criminel était en lui depuis l'enfance. Son père, première victime fantasmée ? Voilà pourquoi le personnage d'Alexandre, le rebelle, l'avait tant fasciné, au point qu'une homosexualité latente… Et Anne, avec ses airs de personne *biencommeilfaut*, n'était-elle pas elle-même une révoltée ? D'où cette liaison secrète avec Alexandre ? Salem n'avait-il pas raison ? Et son amour pour Carina ? Jusqu'à quel point était-il innocent ? Robert, comme l'accusée, n'était pas au bout de sa peine.

Carina avait été condamnée à dix ans de prison. Incarcérée au Centre pénitentiaire pour femmes de Rennes, elle en connut les tours et détours, qu'elle consigna soigneusement. Sa peine fut réduite à cinq ans. Un modèle ! Aimable et généreuse avec les détenus et le personnel, reconnaissante envers François et Robert pour les visites qu'ils ne manquaient de lui faire, à tour de rôle, envers l'habileté de Me Blaudont. Elle se livrait à sa passion : l'écriture. Quand elle franchit la porte du Centre, elle fut accueillie par Robert et François, les deux hommes s'étant liés d'amitié, et son avocat qui la donnait en exemple, continuant à entretenir la flamme des journalistes autour de son « personnage ». Sans compter une délégation des « dames-plumeaux » qui avait soutenu l'accusée pendant tout son séjour en prison. La cheffe lui demanda de devenir leur présidente. Elle refusa pour des raisons de santé, ce qui les déçut, et il fallut toute l'habileté de Me Blaudont pour que leur vénération ne tourne pas à l'exécration...

Salem, après hésitation, lui avait fait savoir qu'il ne la verrait plus. Il ne pouvait accepter l'idée qu'elle avait tué Anne. D'un coup, il avait réalisé qu'il avait aimé cette femme d'un amour filial et sincère et en avait été bouleversé. Ne croyant plus au pouvoir de l'écriture, il était rentré en Algérie y préparer une révolution.

Pendant deux ans, Carina et François parcoururent le monde, les journalistes de chaque pays à leur trousse, ce qui ne cessa de faire tomber des écus chez Masson... et de façon moindre sur le compte en banque de la jeune femme qui tenait à en verser une part à François, malgré les réserves de ce dernier : il ne voulait pas se faire entretenir.

Rentrée en France, elle acheta un charmant hôtel particulier au centre de Versailles et devint la vedette des bourgeoises friquées de la ville. Matthieu l'avait retrouvée. Elle l'invitait à ses dîners où il impressionnait son monde par ses connaissances littéraires. Parfois, il ne repartait qu'au petit jour. François ne tarda pas à appeler Robert et lui expliqua sa situation : s'étant séparé en bonne amitié de Carina, il venait d'acheter un appartement rue Lepic – les mœurs versaillaises ne lui convenaient pas ! Ils allèrent Aux Belles Dames où ils avaient pris l'habitude de se réconforter pendant la détention de leur amie. Aidés par leurs « copines », ils y firent de nombreuses libations pour fêter ce nouveau citoyen de Montmartre. Passé minuit, elles proposèrent à François de l'accompagner chez des « copains ». Hélène entendit son mari rentrer vers les deux heures du matin, fredonnant une chanson de marin. Elle ne s'en offusqua nullement, s'étant habituée à son humeur versatile. Du moment qu'il lui laissait les mains libres pour diriger la maison...

Un matin de fin août 2020, Hélène, rentrée de vacances, prête à rejoindre son bureau, s'étonna de l'absence de son mari au petit-déjeuner. Robert avait gardé ses habitudes de lève-tôt. Inquiète, elle alla frapper à la porte de sa chambre, l'appela. Le silence... Elle le trouva mort dans son lit, visage crispé, draps jetés à terre. Le médecin appelé diagnostiqua une embolie. Il fut enterré en toute discrétion dans le caveau de famille d'un petit cimetière, dans un village perdu d'Auvergne.

Plus tôt, à la messe célébrée à l'église Saint-Germain-des-Prés, il y avait la foule du Tout-Paris littéraire et artistique. Le curé n'avait eu aucun mal à prononcer une homélie vibrante : un grand éditeur devenu saint laïque ! Les journalistes pullulaient. Les ragots de même. On parlait d'alcoolisme, de folie, de suicide. Hélène, très digne, avait donné à la presse la version officielle : problème génétique, son beau-père était mort de même. En fin de cérémonie, toute de noire vêtue, elle n'oublia de serrer aucune main, avec pour chacun remerciements et aimable inclination de tête. Parfaite, comme toujours, aurait dit Robert. Michèle retenait ses larmes, honteuse, comme elle l'avait été toute sa vie de répondre à l'image convenue de la secrétaire du patron :

elle avait perdu son seul grand amour. Matthieu faisait l'important : n'avait-il pas, lui aussi, été l'amant d'Anne Dauvent et de Carina Revenda ? Il avait échappé de peu à ces deux déesses jalouses…

Carina pleurait. Pour elle, Robert avait été un père, un professeur, un soutien. Mieux, il lui avait donné un statut. Lasse des soirées versaillaises, elle aurait voulu retrouver une vraie vie et, sans sa présence, se sentait projetée dans une solitude extrême. Rejoindre Bruno ? Apprendre le tatouage, la réparation, elle qui avait besoin d'être réparée ? Elle savait où le trouver, sous une identité d'emprunt, dans une ruelle d'Usküdar, faubourg d'Istanbul, dont les cafés et les salons de thé étaient fréquentés par les étudiants. Mais elle craignait d'y être suivie par la police et de le perdre. Il ne lui restait plus qu'à retrouver François, Montmartre, affronter les souvenirs qu'elle avait voulu fuir. Écrire. Cette fois-ci, pour elle. En vérité.

François était en arrière de la foule, accompagné de deux « belles dames », rimmel coulant sur leurs joues. Il était le seul à savoir comment Robert était mort, l'obsidienne reçue en plein cœur.

DU MÊME AUTEUR

Nouvelles

Soledades, Éditions du Murmure, 2012
Rencontres, Éditions du Murmure, 2014
Entre deux sourires, Serge Domini, 2016

Beaux livres

Je vous écris d'Épinal, Serge Domini, 2009
Je vous écris du Bourbonnais, Serge Domini, 2011
Mes Vosges, Itinéraires amoureux, Serge Domini, 2014
*Lointaines enfances,*dessins de Clair Arthur, Éditions Gérard Louis, novembre 2023

Cet ouvrage a été imprimé par

La Nouvelle Imprimerie Laballery
à Clamecy

en décembre 2023
pour le compte de
Christine Bonneton éditeur

FSC
www.fsc.org
MIXTE
Papier | Pour une gestion forestière responsable
FSC® C022829

Dépôt légal : février 2024
N° d'impression : 311 406
Imprimé en France